酔眼の剣

酔いどれて候

稲葉 稔

角川文庫
16357

目次

武士の理《ことわり》　五
貧乏御家人　五七
鰹のたたき　一〇三
酔眼の剣　一四三
蛇《くちなわ》の重蔵　一九六

武士の理《ことわり》

一

下谷《したや》から南に向かった入谷《いりや》の田圃道《たんぼみち》。田植え前の水田に、月が映り込んでいる。ゲコゲコと蛙の声がする。越中富山前田家の下屋敷が蒼《あお》い闇のなかに浮かんでいた。

侍は足を止めた。手に持つ提灯《ちょうちん》の明かりが水田を照らした。生ぬるい風が首筋を撫《な》でていった。一方の野路に黒い人影。それが静かに近づいてきた。その足取りに迷いはない。

「むッ」

侍は眉間《みけん》にしわを作って、近づいてくる影に目を凝らした。その男は提灯を持っていなかった。月夜であるから無用なのだろうが、総身に殺気を漂わせている。

「菅田市右衛門《すがたいちえもん》だな」

男が問うてきた。

「貴公は？」

「菅田市右衛門であるか？」

男は間合いを詰めて再び問うた。

「何故《なにゆえ》人の名を……」

「やはりそうであるか」

男は市右衛門の言葉を遮るなり、腰の刀をさらりと抜いた。市右衛門は右足を半歩後ろに引き、提灯を掲げて相手の顔をたしかめた。知った顔ではない。

「何用だ？　貴公に刀を向けられる覚えはない」

「覚えはなかろう。だが、斬らねばならぬ」

市右衛門は掲げた提灯をゆっくり下ろしながら間合いを計った。二間半――。まだ刃圏の内ではない。

「覚えはないが、斬ると申すか？　誰の頼みだ？」

男は静かに間合いを詰めてきた。市右衛門は腰を落として、警戒した。まだ刀の柄《つか》に手はやっていない。片手には提灯を持っている。相手はじりじりと間合いを詰めてくる。

「名ぐらい名乗ってもよかろう」

「松井田五兵衛《まついだごへえ》」

男の口から低くくぐもった声が漏れた。

「知らぬ名だ。刀を引かぬか。斬り合いをするつもりなど拙者にはない」

「おれにはある」

松井田はそういうなり斬り込んできた。市右衛門は提灯を投げた。それは人魂《ひとだま》のように宙空を飛び、ぼっと炎をあげた。松井田は、ばさりと、提灯を斬り払った。

転瞬、市右衛門は刀を鞘走《さやばし》らせるなり、斜め下から逆袈裟《ぎゃくげさ》に斬りあげた。だが、松井田は半身をひねってかわし、刀を横薙《よこな》ぎに払った。市右衛門は青眼の構えを取った。松井田はひと呼吸置いて、八相に構える。足許《あしもと》で提灯が燃えている。

市右衛門は柄を持つ手にじわりと力を入れ、緩める。松井田は爪先《つまさき》で地面をつかみながら間合いを詰めてくる。斬るか斬られるかの切迫した緊張の糸が張られている。

市右衛門はすっと剣先をあげると、そのまま上段から松井田の脳天を狙って撃ち込んでいった。羽織の袖《そで》と袴《はかま》の裾《すそ》が風音を立てた。

どすっと、肉をたたく鈍い音がした。市右衛門は自分の腹に衝撃を感じた。松井田に胴を抜かれたのだ。

「くッ……」

倒れまいと踏み堪《こた》えたが、肩口にまたもや強烈な一撃をたたき込まれた。闇夜に血潮がほとばしった。市右衛門は膝からくずおれて地に伏した。死力を振り絞って顔をあげ、松井田をにらみあげた。

「何故の……何故の……」

それ以上声を漏らすことはできなかった。市右衛門は冷たい地面に頬をつけた。腹から血が流れている。斬られた肩口が熱い。死を覚悟するしかなかったが、死にたくはなかった。松井田の気配がなくなり、足音が遠ざかった。

市右衛門は地に爪を立てて歯を食いしばった。そのまま這《は》うように前に進んだ。提灯が燃え尽きようとしていた。呼吸が乱れていた。痛む肩を動かして息をした。腹に力が入らない。その腹から血があふれている。顔をしかめ、尺取虫のように先に進む。

周囲には水田が広がっているだけだ。助けを呼びたいが、声を出すことができない。それにあたりには人の姿が見られない。

絶望とあきらめが去来した。それでも死にたくはないと思う。胸の内で、何度もくそッと悪態をついた。だが、もう体に力が入らなかった。頭が朦朧《もうろう》として、目が霞《かす》んだ。

死ぬのだと思った。だが、市右衛門は生への渇望を捨てはしなかった。

二

お加代《かよ》という女将《おかみ》がやっているとんぼ屋できこしめしたのが、引き金になり二軒三軒のはしご酒。そして、いまやすっかり酔いがまわりきっている。

とろんとした目で、盛り場の通りを歩くが、はてここはどこだったかと、記憶が曖昧《あいまい》になってきた。これではいかぬいかぬと、頭を振って、酒臭い息を夜気に流して空をあおぐ。

ぽっかり空に穴をあけたような、きれいな満月が浮かんでいる。ゆっくり流れる雲が蒼い月明かりに染まっている。

——おお、見事な月だ。これは月見酒をせねばならぬ。

何かとかこつけて酒を飲むのは、呑兵衛《のんべえ》の哀しい性《さが》か。

桜や梅が咲けば花見酒、雪が降れば雪見酒、彼岸になれば彼岸酒、夏の盛りには暑気払いの酒、秋がくれば紅葉を愛《め》でてのもみじ酒、寒い夜には炬燵《こたつ》酒……などなどと、口実はいくらでもつけられる。

酒がないと生きてはいけない。いや、酒があるから生きているのかもしれない。

と、酔った頭で曾路里《そろり》新兵衛《しんべえ》は思う。とにかく、もう一杯だけ飲もうと、懐の財布をまさぐるが、もうからけつに近い。それでもいくらかの小銭が残っている。

一杯ぐらいは飲めるであろう。なあに、こんなにきれいな月が浮かんでいるのだ。月見酒をしなければもったいない。

「そうだ、もったいない。損だ損だ」

いきなり胴間声を発したので、すれ違った夫婦者が驚いて振り返った。

「いよッ、ご両人。よい月だのお。あれを見よ」

新兵衛は夜空に浮かぶ月を指し示したが、

「酔っぱらってるんだよ。ささ、急いで帰ろう……」

と、亭主が女房を庇《かば》い、逃げるように歩き去っていった。

「けッ、風流も何もわからぬたわけがッ」

新兵衛は懐手をしてどこに入ろうかと、あちこちにある赤い提灯や軒行灯《のきあんどん》に吸い寄せられるようにして歩く。明かりをめざす蛾と同じである。店の表で立ち止まって、ここは安いだろうか、どうだろうかと品定めをする。何しろ持ち金は、酒一杯分ほどしかない。

それにしてもここはどこだと、あたりを見まわす。浅草《あさくさ》か神田《かんだ》のあたりだとは思うが……まァ、そんなことはどうでもよい。とにかくもう一杯だけ飲んで帰ろう。

しばらく行ったところに安そうな縄暖簾《なわのれん》があった。暖簾をくぐると、「いらっしゃいまし」と歓迎の声が飛んでくる。揉《も》み手をして近寄ってきたのは、小柄な年寄りだった。

土間の床几《しょうぎ》に腰をおろした新兵衛は、壁に掛けてある短冊をざっと眺める。意外に高い店だと気づく。

「酒をもらおう」

「へえ、へえ、お酒でございますね。燗《かん》になさいますか、それとも冷やで……」

「冷やでよい。おい、ちょっと待て」

戻ろうとした店の者を呼び止めた。何でございましょうと、店の者は口許に愛想笑いを浮かべて振り返る。

「その、下りものでなくともよい」

「あいすいませんが、うちは下りものしか置いてないんでございますが」

「さようか……」

新兵衛は短冊の一枚を酔った目で凝視した。「お銚子《ちょうし》　十二文」と読める。下りものとは大坂や灘《なだ》のほうから江戸に下ってくる酒のことをいう。関東産の地酒は、「くだらないもの」といって江戸の者は小馬鹿にしていた。

「しからば八勺だけにしてくれぬか」

「は……」

店の者は目を丸くした。

「一合はいらぬ、八勺でよい。金は前金で渡す。これだ」

懐からつかみ取った十文を床几に打ちつけるように置いた。

「これで頼む。なっ、金のあるときにまた来るので、今夜はこれでやってくれ」

祈るように片手をあげ、片目をつぶると、店の者はしかたないと首を振って台所のほうに下がった。

まわりを見ると、なかなか繁盛している店である。床几を並べた土間席も、板間の入れ込みも八割方が埋まっていた。侍や職人らが楽しげに飲み、高笑いをしたりしている。

やがて、さっきの者が銚子を運んできた。新兵衛は満足げに銚子を持って重さを推し量った。気前よく一合を入れてあるかと思ったが、きっちり八勺のようだ。しかたないとあきらめて、盃《さかずき》に満たす。誰かの視線を感じたが、気にせずに盃を口に運んだ。

いやはや、やはりうまい。それにしても今夜は飲みすぎだと、酔った頭で自戒する。年がら年中酔ってはいるが、それは微酔《ほろよ》い程度で、泥酔することは年に三度あるかないかである。

今夜、酒を過ぎたのは何かよいことがあったか、面白くないことがあったかのどちらかであろうが、そのどっちだかもわからない。記憶が定かでない。誰かと何かを約束したような気はするが……。それにしても八勺の酒などすぐに飲みほしてしまった。あとは逆立ちしたって金は出てこない。

そのままふらりと表に出て、深く息を吐いて吸った。そのときふいの声がかかった。

「おぬし、見苦しいぞ」

咎《とが》め口調である。新兵衛が見ると、三人の浪人風体の男が立っていた。三人とも酒のせいで目が赤くなっている。提灯《ちょうちん》の明かりが男たちの片頬を染めていた。

「何のことだ？　うぃッ……」

新兵衛はよろけそうになって足を踏ん張った。

「腰のものは竹光《たけみつ》か？」

真ん中の男が蔑《さげす》んだようにいう。

「いやあ、これはなかなかの業物《わざもの》で切れ味がよいのだ。もっとも試すことはないが。それで何かご用か？」

「見苦しい真似をするなといっておるのだ。武士であるなら、酒の一合などケチらぬものだ。金がなければ飲まなければよい。恥だッ」

「そうであろう、そうであろう、もっともでござる。ご忠告かたじけない」

「何をッ」

相手は眉間《みけん》にしわを彫って目を険しくした。

「拙者を愚弄《ぐろう》するのかッ」

「いや、そんなつもりはちっともござらぬ。さ、それでは帰るとするか。うぃッ……」

「待て」

いきなり肩をつかまれて、振り返らされた。

「失礼極まりない。おぬしのようなやつはこれでも食らえッ」

いきなり刀の柄頭《つかがしら》を腹にたたき込まれた。

「うッ……」

うめいたが、新兵衛は平気な顔をしていた。

「ずいぶん荒っぽい挨拶《あいさつ》では……」

言葉を遮るように足払いをかけられた。新兵衛は地面に腰を打ちつけ、尻餅《しりもち》をついた。

「きさまのようなやつを見ると虫酸《むしず》が走るのだ」

今度は脇腹を蹴《け》られた。それに乗じて、他の仲間が拳骨《げんこつ》を飛ばしてきた。頭がぐらっと動いた。

「やめぬかッ。おぬしらに足蹴にされる覚えはない！」

怒鳴り返してやったが、またもや横合いから拳骨が飛んできた。新兵衛はその腕をつかみ取ると、一方に投げ飛ばし、そのますっくと立ちあがるなり、いいがかりをつけてきた男の胸ぐらをつかんだ。新兵衛は六尺近い大男だ。相手を見下ろす恰好《かっこう》になった。

「喧嘩《けんか》なら買ってやる」

低くいい捨てると、そのまま払い腰をかけて相手を地面にたたきつけた。

するともうひとりがさっと刀を引き抜いた。下段に構えて、「無礼をはたらけば、斬るぞ」と脅す。

「斬りたければ斬れ」

新兵衛は男に詰め寄った。

男は刀を構えたまま下がる。さらに新兵衛が詰め寄ると、相手はさっと刀を上段に振りあげて撃ち込んできた。刹那《せつな》、新兵衛の体が相手の懐に入った。と、つぎの瞬間には、相手は手足をばたばたさせて宙を飛んでいた。直後、その男は天水桶《てんすいおけ》のなかに頭から突っ込んで、派手な水飛沫《みずしぶき》をあげた。

「はあ、酔いが醒《さ》めるではないか。せっかくの酒がもったいない」

新兵衛は両手を払って、何事もなかったかのように闇のなかに歩き去った。その後ろ姿を野次馬たちが、ぽかんとした顔で見送っていた。

三

浅草田原町《たわらまち》三丁目の北側を蛇骨《じゃこつ》長屋という。長屋ではなく、土地の者が呼ぶ町名である。そこに惣八店《そうはちだな》という裏長屋があった。

路地の真ん中を走るどぶ板は、ところどころが踏み破られている。その路地を元気のいい子供たちが器用に駆け抜けていった。

うえーき花ァ、うえきやァ……うえーき……。

鉢植えの草花や盆栽などを売り歩く植木屋の、のどかな声がしていた。

惣八店の住人である新兵衛は、その声で片目をぐりっと開けて、障子越しのあわい光をまぶしく思った。

目をつむってまた惰眠をむさぼろうとした。ついでに大きな放屁《ほうひ》を一発。そのとき、がらりと腰高障子が開けられた。

「かーッ、臭い」

鼻をつまんでいうのはお加代だった。雨戸をがらりと引き開け、臭いったらありゃしないと小言をいう。

「新兵衛さん、いつまで寝てるんだい。さあ、起きた起きた」

お加代は新兵衛の尻《しり》をビシバシたたく。

「どうしてこうだらしがないのかねえ。さあ、起きなさいな」

もう一度尻をたたかれて、新兵衛は半身を起こした。ぼさぼさの総髪をがさがさ搔《か》き、大きなあくびをする。

「いま、何刻《なんどき》だい？」

「もうお昼ですよ」

「もうそんな時刻か。しかし、よく寝た」

「何がよく寝たですか。とっとと井戸行って顔を洗っておいでな」

いわれた新兵衛は尻を搔きながら、だらだらと井戸端へ向かった。

お加代は同じ町内に「とんぼ屋」という居酒屋を出している女主《おんなあるじ》で、ときどきこうやって新兵衛を起こしにくる。わたしがいないとどうしようもないという、面倒見のよい女である。新兵衛はずいぶんツケを溜《た》め込んでいるが、めったに催促しないのがありがたい。

井戸の水を桶に移してざぶりと顔を洗った新兵衛は、ところで今日は何の用で起こされたのだろうかと、晴れ渡った空を眺めた。

用があるからお加代は起こしにくるのだが、新兵衛は何か約束をしていただろうかと考える。煮しめたような手拭《てぬぐ》いで顔を拭《ふ》き「はて、何であろうか」と、首をかしげた。

「お加代さん、何か約束していたかい？」

家に戻って聞いてみた。綿のはみ出た夜具や散らかった煙草盆や欠け茶碗《ちゃわん》を片づけていたお加代が振り返った。

こうしてみると、なかなかいい女だと思う。三十路《みそじ》を越した大年増《おおどしま》ではあるが、目鼻立ちは整っているし、色も白い。だが、その目が少し険しくなった。

「伊兵衛《いへえ》さんのお供で墓参りに行く約束でしょう。忘れているの」

「あ、いや。思い出した。そうだった」

昨夜、そんな約束をしたと、ぼんやりとだが思い出した。それでも記憶は曖昧《あいまい》だ。

「伊兵衛さんは足腰が弱っているから、死んだおかみさんの墓参りは大変だ。あの寺の墓は階段が急だから、よし、おれがついていってやるといい出したのは新兵衛さんじゃない。そうだったでしょう」

「……そうだった」

「それじゃ支度をしてください。といっても、いつもそのなりか……」

お加代は眉《まゆ》を垂れ下げて、情けなさそうに新兵衛を見る。一応綿抜きをして袷《あわせ》から単衣《ひとえ》に替えてはいるが、木綿絣《もめんがすり》の着物はよれよれである。

「袴《はかま》をつけたらまいろう」

新兵衛はそういって、これもよれよれの袴を穿《は》いて支度をした。腰に大小を差し、お加代といっしょに長屋を出た。

伊兵衛は同じ町内に住む元大工で、六十の坂を越えたご隠居である。愛妻に先立たれたのは二年前で、今日は祥月命日の三回忌だった。伊兵衛を迎えに行くと、上がり框《がまち》に腰掛けて待っていた。禿《は》げた頭にちょこなんと小さな髷《まげ》がのっている。

「遅かったじゃねえか」

伊兵衛は機嫌の悪い顔でいって、よっこらしょと腰をあげた。

「すまぬ。つい寝坊をしてな」

新兵衛は謝った。

「おまえさんの寝坊はいつものことだ。だが、忘れずに来てくれたから文句はいえねえが……」

伊兵衛は職人口調でいって足を引きずるようにして歩く。若いころは勇み肌の大工だったらしいが、いまは口達者なだけだ。倅《せがれ》がひとりいるが、喧嘩《けんか》別れしてめったに会うことはない。それでも倅は親のためにと、月々決まった金を持ってくるという。

新兵衛とお加代は伊兵衛の体をいたわるようにして、法福寺《ほうふくじ》へ向かった。平坦《へいたん》な道だが伊兵衛は足が遅い。それに合わせて新兵衛とお加代は歩く。

暑くも寒くもない陽気のよい日である。どこかで鶯《うぐいす》の声がする。伊兵衛は途中で手向《たむ》けの菊を求めた。それをお加代が持つ。

寺に入ると本堂に参拝し、奥の墓所に向かった。ここは少し高くなっており、十数段の急な階段がある。足腰の悪い伊兵衛を、新兵衛がおぶって階段を上った。小柄な年寄りだが、思いの外肉づきがよいらしく、重い。それが宿酔《ふつかよ》いの体には応《こた》える。

しかし、口の悪い伊兵衛もこのときばかりは、すまねえ、ありがてえと、新兵衛に感謝の言葉をかけた。墓に水と花を供え、お参りをする伊兵衛を、新兵衛は慈愛に満ちた目で眺めていた。

「今日が三回忌だ。お経も何もあげられねえが、おめえはちゃんと成仏して極楽で楽しくやってることだろう。おれもそのうちにそっちに行くから待ってな」

伊兵衛はぶつぶつと墓に語りかけた。

「生意気な倅だが、卯吉《うきち》の野郎は元気でやっているよ。喧嘩別れしちゃいるが、月々の金を持ってくる孝行息子だ。やつにもガキが出来たらしい。今日は仕事が終わったら来てくれるだろう」

線香の煙が風にまき散らされた。

「さあ、行くか……」

伊兵衛は大儀そうに腰をあげて、新兵衛とお加代を振り返った。下りの階段も、新兵衛が伊兵衛をおぶってやった。

「鰻《うなぎ》でもおごってやるよ。今日は特別だ。それに新兵衛さんがいて助かった」

通りを歩きながら伊兵衛がいう。

「鰻は高くつきますよ。そばでもいいんじゃないかしら……」

お加代が伊兵衛の懐を心配していう。

「馬鹿いうんじゃねえ。世話されてしみったれたそばなんか食わせられるか。鰻だ鰻」

伊兵衛の強情さはわかっているから、新兵衛とお加代はまかせることにした。

三人は菊屋《きくや》橋のそばにある鰻屋に入った。浅草本願寺の門前である。

鰻がくる前に肝焼きと香の物が酒の肴《さかな》に届けられた。新兵衛はお加代の酌を受けて盃《さかずき》を口に運んだ。昨日の酔いは体の隅に残っていたが、一口めを飲むと、何ともいえぬ心持ちになった。なんだか生き返った気がする。

新兵衛の体には酒が血のようにめぐっている。酒を切らすとどうも元気が出ない。それに鰻の肝焼きが絶品であった。タレの甘さとかけた七味の辛さが口中で広がる。

「ああ、うまい」

思わず声を漏らすと、伊兵衛が嬉《うれ》しそうに笑った。

「好きなだけやりな。遠慮はいらねえ」

「伊兵衛さん、そんなことといったら、この人一升でも二升でも空けちまいますよ」

お加代が諭すが、

「そんなこたァ百も承知だ。だが、ケチなことといってどうする。今日は嬶《かかあ》の命日なんだ。さあ、お加代さん、あんたも飲みねえ」

と、伊兵衛はお加代に酌をした。

四

鰻と酒を馳走《ちそう》になり微酔《ほろよ》いになった新兵衛は、伊兵衛を長屋に送り届けて、自分の家に帰った。途中、酒屋で切れた酒を買い求めたので、帰るなりちびちびやりだす。

酒がまわると頭がはっきりしてくる。ぼんやりしていたことを、いろいろ思い出しもする。はたと気づいたのは、もう生計《たつき》がどうしようもないということだった。

金は底をついている。さて、働かなければならないと思うが、とくに職を持っているわけではない。以前は傘張りや楊枝《ようじ》削りの内職をやっていたが、その稼ぎは雀の涙なので、いつの間にかやめていた。

やはり、伝七《でんしち》の手伝いをするしかないか、と胸の内でつぶやく。

伝七――。

親分と呼ばれる、浅草田原町の岡っ引きである。金吾《きんご》という下っ引きがひとりいる。北町奉行所の定町廻《じょうまちまわ》り同心・岡部久兵衛《おかべきゅうべえ》の手先としても動いている。

しかし、このところとんと伝七の顔を見ない。暇なのか、忙しいのかわからない。そんなことを酔った頭でつらつら考えていると、なんと神の啓示のごとく、伝七が戸口の前に立った。

「新兵衛さん、また酒ですか。昼間からいいご身分ですね」

伝七は敷居をまたいで上がり框に腰をおろし、十手でトントンと自分の肩をたたいた。

「金はあるか？」

「は？」

「金はあるかと聞いておるのだ。あったら貸してくれ」

「なんですか、のっけから。だけど、貸してもいいですぜ。その代わり仕事を手伝ってもらえますか」

伝七は身を乗り出すようにしていった。

「金になるなら、手伝うのはやぶさかではない」

「よし、決まった。やっぱ新兵衛さんは頼り甲斐《がい》がある」

「……それで、どんなことだ？」

新兵衛は欠け茶碗《ぢゃわん》に酒をなみなみと注《つ》いだ。

「殺しがあったんです。どうやら辻斬《つじぎ》りのようなんですが、殺されたのは菅田市右衛門という浪人です。元は旗本なんですが、改易《かいえき》になって文字通り、屋敷も家格も召しあげられ一家離散という男です」

「ほう、おれと同じような境遇であるな」

「あれ、新兵衛さんも改易に……」

こりゃ初耳だと、伝七は目を大きくする。

「もっともおれは旗本ではなかったが……」

新兵衛は酒を舐《な》めるように飲んで、昔のことを思い出した。

それは四年前の夏であった――。

新兵衛は江戸城の警備にあたる大番組のひとりで、その日城詰めの仕事を終えて組屋敷に帰ると、仲間数人と示し合わせて吉原《よしわら》に繰り出した。だが、その途中の茶店で、丹波亀山《たんばかめやま》の松平家家臣と仲間が口論となり、刃傷《にんじょう》に及び、ひとりを斬り殺してしまった。

そのとき新兵衛は厠《かわや》で用を足していて、事態にはまったく気づいていなかったが、茶店に戻って青ざめた。

直接喧嘩《けんか》には加わっていなかった新兵衛ではあるが、「連座」という連帯の責任を取らされお家取り潰《つぶ》しとなったのである。そのせいで妻は実家に帰り、その後どうなっているか知らずにいる。

「とにかく話せ」

新兵衛は過去の記憶を頭から払いのけて、伝七にうながした。

「その菅田なる浪人は腹と肩口を斬られて倒れていたんですが、通りがかった駕籠《かご》かきに見つけられ、近くの番屋（自身番）に運び込まれたんです。ひどい傷だったらしいんですが……」

――斬ったのは松井田五兵衛という者だ。拙者には覚えのない男だ。……松井田を許すな。て、天罰を与えなけ……。

菅田市右衛門はそういって事切れたらしい。

「松井田五兵衛……。それじゃ下手人はわかっているのだな」

「さいです。ところが、斬られた菅田市右衛門という人は、剣の腕が相当立ったらしいんですよ。それを斬ったんですから、松井田五兵衛はかなりの使い手ってことになります」

「ふむ、そうであろうな」

「そんな強い侍をあっしに捕まえろっていわれてもねえ。そうそうできるこっちゃないでしょう。そこで新兵衛さんの出番ってわけです」

「そういうことか……」

新兵衛は酒の入った欠け茶碗を置いて、煙管《キセル》に刻みを詰めた。

「あれ？　何です、そのそっけない返事は？　まさか断るってんじゃないでしょうね」

新兵衛は煙管に火をつけて、すぱっと吸いつけた。それからゆっくり伝七の顔を見、

「前金でくれるか？」

と、いって言葉を足した。

「どうせ、おまえは町方の旦那《だんな》からそれなりの支度金をもらっているはずだ。おれは命を張ることになる。ただでやれと、虫のいいことをいうのではないだろうな」

「新兵衛さんにはかなわねえや。しゃあねえな……」

伝七は重そうな財布を懐から出して、二分を差し出した。

「……二分で人殺しを捕まえろと申すか」

「じゃ、もう一分。あとは捕まえたあとですよ」

「よかろう」

新兵衛は三分を懐にねじ込むと、にやりと笑った。たいした額ではないが、金にそれほど執着心はない。

「これで、またうまい酒が飲めそうだ。それで、いかがすればよい？」

五

小《こ》半刻《はんとき》（三十分）後、新兵衛は伝七と、下っ引きの金吾といっしょに入谷の田圃《たんぼ》道《みち》に立っていた。

田植えに精を出している百姓の姿があちこちに見られる。まぶしく日はきらめき、水の張られた田圃に真っ青な空に浮かぶ雲が映っている。蛙の声があちこちでしていた。

新兵衛はあたりをぐるりと見まわした。燕《つばめ》が水田の上を低く飛び交っていた。

「このあたりで斬られたのか。夜であれば人気のないところだな。しかし、その菅田なる浪人はなぜこんな田圃道を歩いていたのだ？」

「よくはわかりませんが、住まいはすぐそばの町屋です。担ぎ込まれた番屋もその町にあります」

それは下谷山伏町《やまぶしちょう》であった。

「それじゃ家に帰る途中だったというわけだ。すると出先から近道をしていたと考えていいだろう。すると、その出先はどこだ？」

「そりゃ、死んだ本人に聞かなきゃわからねえでしょう」

「わかってますよ」

金吾が口を挟んだ。

二人は金吾を見た。出っ歯でひょっとこみたいな顔をしている男だった。

「どこだ？」

新兵衛が聞いた。

「下谷竜泉寺町《りゅうせんじまち》の親戚《しんせき》です。同じ菅田という人の家で、夕餉《ゆうげ》を馳走《ちそう》になって帰ったというのがわかってます」

「それならこの道を使っても不思議はないな」

下谷竜泉寺町は吉原の西にある町屋である。下谷山伏町の自宅長屋に帰るのなら田圃道が近道となる。

「その親戚はあたってあるのか？」

「これからです」

金吾が応じた。

「しからば行ってみようか……」

新兵衛は足を進めた。伝七の手伝いをする新兵衛だが、伝七を使っている岡部久兵衛という町方の同心からは、新兵衛は指図を受けない。面倒だからであるが、気のいい伝七に手柄を立てさせたいという思いがあった。よって、岡部久兵衛を遠目に見ていても、直接顔をつき合わせて話したことはなかった。

菅田市右衛門の親戚は、菅田勘三郎《かんざぶろう》という元旗本で、隠居の身であった。齢《よわい》六十半ばの男だったが、矍鑠《かくしゃく》としていた。それに髪の量が多く、立派な銀髪髷《まげ》を結っていた。

「市右衛門のことで……。急なことで、わしも戸惑うておるのだ。いったいなぜこんなことになったのかと……」

勘三郎はやるせなさそうに首を振ってから、茶を飲むように新兵衛に勧めた。伝七と金吾は、座敷の上がり口にある框《かまち》に腰をおろしていた。

「人に狙われているような話など出なかった、というわけですか……」

新兵衛は勘三郎をまっすぐ見て聞く。庭で鶯《うぐいす》がさえずっていた。

「あれは人の恨みを買うような男ではない。話はいろいろしたが、この先、どのように生計《たつき》を立てればよいかと、それを思案しておった。あれは剣の腕がなまなかでなかったので、道場でも開こうといった。わしはその気があるなら、多くはないが支度金は出せると申した。それで気をよくして帰っていったのだ」

「なぜ市右衛門殿の家はお取り潰しに……」

新兵衛は茶に口をつけたが、これが酒であったならよいのだがと胸の内で思った。

「あれは御先手組《おさきてくみ》の組頭《くみがしら》を務めておったのだが、家来が組の御用金を着服して贅沢《ぜいたく》三昧《ざんまい》をしておった。湯水のように使った金は八百両あまりあったという」

「八百両……」

新兵衛は驚かずにはいられなかった。

「しかしそんな大金となれば、気づく者がいたのではありませんか」

「いかにもさようだ。だが、金をくすねていた張本人が出納の掛と手を組んでいたから、露見するのが遅かったのだ」

「それじゃ組頭として詰め腹を切らされたということでございますか」

「そういうことだ」

「それでは恨むことはあれど、恨まれるようなことはなかったのではございませんか」

「いかにもおおせのとおり。あやつに落ち度は何もなかったのだからな」

新兵衛は庭先に目を向けた。蹲《つくばい》にやってきた雀が水を飲んでいた。

しばらくして、新兵衛たちは勘三郎の屋敷をあとにした。

勘三郎は松井田五兵衛なる男にも覚えはなかった。また、御先手組には市右衛門に同情し尊敬する者はいても、恨みを持つ者はいないという。

勘三郎の話だけではあるが、市右衛門に殺される理由は見つからない。ただ、わかっていることは松井田五兵衛が、市右衛門に止《とど》めを刺さなかったということだ。

なぜか？

松井田はその必要はないと思った。二ヵ所を斬ったので、すぐ死に至ると考えた。実際、市右衛門の命は長く保《も》たなかったのだが、それでも息絶えるまでにはしばらくの時間があった。だから市右衛門は松井田の名を口にした。

「ふむ……」

新兵衛は歩きながら、あれこれ考えをめぐらせていた。

「新兵衛さん、どうします？」

肩を並べて歩く伝七が声をかけてきた。

「市右衛門は斬られるまで松井田のことを知らなかったのだな」

「そのようです」

「だが、松井田は市右衛門を知っていたということか……」

「まあ、そうでしょう」

「もしくは別の人間が、松井田に市右衛門のことを教えたということかもしれぬな」

「そうなると金で頼まれた刺客ってことになりますが……」

「かもしれぬな」

新兵衛は立ち止まって、空をあおいだ。

「それにしても、なぜ市右衛門は殺されなければならなかったのだ。恨みか……。それとも松井田五兵衛はたんなる行きずりの男で、何かわからぬが些細《ささい》なことで口論となり斬り合った。あるいは……」

「何でしょう？」

伝七がぎょろ目を向けてくる。

「ただの辻斬《つじぎ》りだった」

「だったら名乗ったりしないでしょう」

新兵衛は空に向けていた顔を、さっと伝七に戻した。

「そうであろう。すると怨恨《えんこん》か喧嘩《けんか》だった。そういうことになるな」

「そうでしょうね」

「伝七、酒を飲もう」

「はあ……」

六

「新兵衛さん、どうしたらいいんです。さっきからウンウンうなってるばかりじゃありませんか」

伝七がのぞき込むように見てくるが、新兵衛は煙管《キセル》を吹かし、盃《さかずき》を口に運ぶだけである。すでに一合を飲んでいた。そこは下谷山伏町の水茶屋だった。

「よしッ」

新兵衛はいきなり膝《ひざ》を打ちたたいた。

「どうしました？」

伝七が目をしばたたけば、金吾はぽかんとしている。

「おまえたちは菅田市右衛門の通夜に行ってこい。そこで話を聞いてくるのだ」

「通夜に……」

「そうだ。勘三郎殿は市右衛門は恨まれるような人間ではなかったといったが、それは親戚の贔屓目《ひいきめ》で、じつは恨んでいた者がいたかもしれぬ。それを探ってくるのだ。そうだ、目立ってはいかぬので、伝七ひとりでいいだろう。金吾、おぬしは岡部久兵衛さんを捜して、どこまで調べを進めているのか聞き出してこい」

「それで新兵衛さんは？」

金吾が聞いた。

「おれはとんぼ屋で待っている」

新兵衛はそういうなり、差料をつかんで立ちあがった。

「伝七、金は払っておけ」

新兵衛はちゃっかりしたことをいって、さっさと店を出た。


新兵衛は夕刻まで、とんぼ屋で暇をつぶした。とんぼ屋は四坪半の小さな店だ。ただし二階建てで、女主《おんなあるじ》のお加代は二階を住まいにしている。

新兵衛は入れ込みにごろりと横になって考え事をしていた。ときどき、起きあがってあぐらをかき、ちびちびと酒を舐《な》め、宙空に目を据える。柱に止まった蝿を眺める。そして、またごろりと横になる。

殺された菅田市右衛門は、ここ半年ばかり仕事をしていない。どうやって生計をしのいでいたのだろうか。家族はどうなっているのだ。自分のように長屋の近くに行きつけの店があるかもしれない。その店で何か問題を起こしていないか。あるいは住まいの長屋で揉《も》め事はなかったか。

「ふむ……」

うなった新兵衛は、またあぐらをかいた。

「何ですか、さっきから横になったり座ったり……」

糠味噌《ぬかみそ》をかき混ぜていたお加代が声をかけてきた。

「伝七から頼まれたことがあってな」

「親分が……また、何かありましたか？」

「あるから相談を持ちかけてくるのだ」

「そりゃそうでしょうけど、親分もすっかり新兵衛さん頼みですわね」

お加代は漬け物の入った甕《かめ》を裏の勝手に抱え持っていった。新兵衛はその後ろ姿をぼんやり眺めた。お加代は手拭《てぬぐ》いを姉さん被《かぶ》りにして、袖《そで》をまくり襷《たすき》をかけている。裾《すそ》をちょいと端折《はしょ》っているので、白い脹《ふく》ら脛《はぎ》が艶《なま》めかしい。それに尻《しり》の形がいい。

「女……」

つぶやいた新兵衛は菅田市右衛門に女がいたのではないかと思った。こんなことなら、もっとあれこれと勘三郎に聞いておけばよかった。だが、思い立ったが吉日だと胸の内でつぶやき、差料を引き寄せた。

「お加代さん、邪魔をした。また来る」

「そう。それじゃまた……」

お加代の声を背に、新兵衛は表に出た。西の空が夕日に染められていた。黄昏《たそが》れはじめている町屋の通りを燕《つばめ》たちが飛び交っていた。

向かうのは市右衛門が住んでいた長屋である。通夜は市右衛門の菩提寺《ぼだいじ》で行われることになっているから、すでに死体は移されているはずだ。

案の定、家の戸口には忌中の貼り紙があった。新兵衛は長屋のおかみや居職《いじょく》の職人らに話を聞いていったが、市右衛門を悪くいう者はいなかった。揉め事なども起こしておらず、長屋の連中とはうまくやっていたようだ。

どんな暮らしぶりだったかを聞いたが、仕事こそしていなかったが、品行方正だったという。

「元は御先手組のおえらい御武家様だというのに、驕《おご》り高ぶったところもありませんで、年寄りや子供にもやさしかったですよ」

居職の衣屋《ころもや》は仕立て仕事の手を休めて答えた。

「訪問客はどうだ?」

「多くありませんでした。たまに御先手組の方がおいでになっていたぐらいです」

「女は?」

「女……。ありませんでしたね」

長屋を出ると、近くの藪平《やぶへい》という蕎麦屋《そばや》を訪ねた。市右衛門はときどきその蕎麦屋で酒を飲んだり飯を食ったりしていたという。近所には居酒屋や飯屋があるが、そっちを訪ねることはなかったらしい。

「いつもひとりで静かに飲んでおられましたよ。蕎麦掻《が》きを肴《さかな》にね」

藪平の主はそういってから、まさか殺されるとは思いもしなかったと、顔を曇らせた。

「ここで面倒を起こしたこともなかったというわけだ」

「まったくございませんで……。いつもおひとりだったので、ときどき声をかけると、やさしそうな笑みを浮かべて、他愛のない世間話を短くされるぐらいでした」

結局、下手人につながるようなことは何も聞けなかった。

七

「新兵衛さん、新兵衛さん、起きてますか」

朝っぱらから大きな声で戸口に立ったのは伝七だった。

「開いてるから入れ」

新兵衛がいってやると、がらりと戸が開き、伝七が入ってきた。

「面白いかどうかわかりやせんが、ちょいと気になることを聞きました」

「ほう、聞かせてくれ」

新兵衛は瓢簞《ひょうたん》徳利から欠け茶碗《ぢゃわん》に酒をついで口に運んだ。

「菅田市右衛門の家がお取り潰《つぶ》しになったことなんざんすがね。金を使い込んだのは髙橋佐太郎《たかはしさたろう》という同心と、和田平九郎《わだへいくろう》という出納掛なんです。二人とも切腹していまはいやせんが、何も市右衛門が咎《とが》めを受けることはなかったらしいんですよ」

「それじゃ何故《なにゆえ》お取り潰しに……」

「ご不審はごもっとも」

上がり框《がまち》に腰掛けた伝七は、短い足を片方の膝にのせてつづけた。

「和田と髙橋が咎めを受けるのは当然だったんでしょうが、市右衛門には弁解の余地があったというんです。それを市右衛門は何もいわずに、上から下されたことに不服もいわず、黙って受け入れたらしいんです。なんでも、家来の不始末は自分が至らなかったからだってことなんです。潔いといえば潔いですが、組頭《くみがしら》という役格をあっさり捨てるのはもったいねえですよ。残ってる同じ御先手組の人たちはそんなことをいっています」

「身を引かずともよかった。改易《かいえき》を免れることもできたというのか……」

「そうらしいんです。仲間内はずいぶん庇《かば》ったらしいんですがね。まあ、その話はひとまず置いて、別のことがあるんです」

伝七は短い足を膝から下ろして、身を乗り出してきた。

「市右衛門を快く思っていない男がいるんです。まあ、噂ですけど、市右衛門を悪くいってるらしいんですよ」

「勿体《もったい》ぶらずに早く申せ」

「和田平九郎の次男で、婿養子になっている丸山常二郎《まるやまつねじろう》って男です。平九郎の長男は父親の失墜を嘆いて自害したらしいんですが、そうなったのは市右衛門のせいだといってるってんです」

「お門違いではないか」

「誰もがそう思うでしょうが、そんな話なんです。もっとも本人から聞かなきゃわからねえことでしょうが……」

伝七は新兵衛をのぞき込むように見てくる。

「会うべきだろうな。だが、もうひとりの高橋のほうはどうなのだ」

「こっちは別になにもありません。孕《はら》んでいる女房がいたらしいんですが、いまは実家に戻っているそうで……」

「さようか。それで丸山常二郎の屋敷は……」

「わかっておりやす」

新兵衛は欠け茶碗の酒を一息で飲みほして、

「会ってみよう」

といった。

丸山常二郎の屋敷は、湯島《ゆしま》にあった。東叡山《とうえいざん》御家来屋敷の西にある傘谷《かさだに》のそばだ。屋敷といっても与力《よりき》や同心に与えられている組屋敷である。それでも一軒の屋敷は百坪ほどある。和田家から丸山家に婿入りしている常二郎は、義父と同じ与力であった。これは婿に入った丸山家が与力だったからである。

御先手組は若年寄支配にあり、弓組と鉄砲組に分けられている。弓組には約十組、鉄砲組には約二十組があり、各組に組頭一騎、与力十騎、同心が三十人から五十人ほど配されている。

本来は戦闘時に先鋒《せんぽう》を務める足軽《あしがる》隊だが、泰平の世がつづく時代にあっては、江戸城の各門の警備や、将軍外出時の警備を主な役目としていた。

常二郎は非番で在宅中だった。訪《おとな》いの旨を中間《ちゅうげん》に告げると、すぐに取り次がれて客座敷に通された。伝七は玄関先で待機である。

新兵衛が座敷に腰を据《す》えると、間もなくして常二郎が姿を現した。新兵衛を見るなり、胡散《うさん》臭い顔をした。新兵衛はよれた着物によれた袴《はかま》に総髪でもある。無理もない。

「菅田市右衛門のことらしいが……」

常二郎は故人を呼び捨てにして、静かに腰をおろした。色白の瘦軀《そうく》だ。

「妙な噂を小耳に挟みましてな」

「どういうことです？」

常二郎は右目を細めた。

「菅田市右衛門殿が殺されたことはご存じであろうな」

「無論。元は先手組の組頭。当然耳に入っておる」

常二郎は顔色も変えずに応じた。

「妙な噂とは、貴殿が殺された菅田殿の悪口をいっているということである。それもひとり二人から聞いた話ではない」

「誰がそんなことを……」

常二郎は新兵衛の視線を外すように、扇子を手にした。

「誰とは申さぬが、火のないところに煙は立たないという。身に覚えはござらぬか」

新兵衛は常二郎の目を見据えた。その目が宙を彷徨《さまよ》い、片頰に意地の悪そうな笑みが浮かんだ。

「いったことはある。拙者の父があのようなことをしでかしたのは、たしかに恥ずべきことであった。だが、切腹を申し渡されるほどのことではなかったはずだ。目こぼしがあって然《しか》るべきだった。同じようなことが以前にもあったと耳にしているが、そのときは切腹ではなかった」

常二郎の顔が紅潮した。

「あのような仕儀になる前に、上役である菅田市右衛門殿は、父のために申し開きをしてもよかったはずだ。だが、何もしなかった」

「それは庇い立てするに能《あた》わなかったからではなかろうか」

むっと、常二郎は唇を引き結んだ。

「聞くところによると、菅田殿は家来の粗相は自分の落ち度であると認められ、まわりの庇い立てには耳も貸されず、潔く改易を受け入れられたという。それは武士の理《ことわり》であったはずだ」

「武士の理……」

「いかにも。菅田殿を非難されるのは、お門違いであろう。そうは思われぬか」

常二郎は拳《こぶし》を握りしめ、持った扇子をふるわせた。

「まさか、貴殿が菅田殿を殺《あや》めたのではなかろうな」

ずけりといってやると、常二郎の顔がこわばった。

「何を申される」

「さもなくば刺客でも雇われたか……」

「な、何ということを……」

常二郎は口をゆがめた。紅潮していた顔が、白くなっていた。

妙だと思った新兵衛は、たたみかけるように言葉を吐いた。

「貴殿の身は潔白であるか？　天の目は誤魔化されぬぞ」

「いったい何をいいたいのだ。何事かと思えば、不愉快なことを……」

「では、潔白であるのですな」

「無礼なッ。まるで拙者が下手人のようではないか」

常二郎は声を荒らげた。

「違うのであろうな」

「ええい、気分の悪いことを。拙者にいいがかりを付けにまいったのか。だったらとっとと帰ってくれ。町方の手先にえらそうなことをいわれたくないわいッ」

常二郎は手にしていた扇子をぼきっと折った。

「いずれにせよ。調べは進んでいる。疑われる前に身の証《あかし》を立てられたほうがよかろう。失礼つかまつった」

八
「おかしいな」

　丸山家の屋敷表に出た新兵衛は、顎の無精ひげをピッと引き抜いて、木戸門を振り返った。

「どういうことで？」

「常二郎はおれが潔白であるかと問うたのに、否《いな》むようなことはいわなかった。潔白であるなら、はっきりと否むはずだ」

「それじゃ……」

伝七がぎょろ目を光らせた。

「どうかわからぬが、あやしいのはたしかだ。伝七、この屋敷を張るんだ。おれの言葉に動揺しているなら、何か動きがあるはずだ」

「へえ、それじゃ見張りをすることにいたしやしょう」

「金吾にはどこへ行けば会える？」

「あいつだったらあっしの家にいるかもしれません。そうでなきゃ、岡部の旦那《だんな》にくっついてるはずです」

新兵衛は伝七をその場に残して、伝七の家に向かった。

伝七の家は浅草田原町のへっつい横町にあり、おきんという太り肉《じし》の女房に煙草屋をやらせている。

新兵衛は町屋を歩きながら、そうか今日は八日であったかと気づいた。

「とうきたり、とうきたり、お釈迦《しゃか》お釈迦」

と、ぶつぶつつぶやきながら歩く願人《がんにん》坊主とすれ違ったからである。なぜ、そんなことを乞食《こじき》坊主が口にするのか新兵衛にはわからないが、四月八日には決まってそんな坊主と出くわす。

それに町屋の軒先に竿頭《かんとう》に挿した卯《う》の花が見られた。卯の花はお釈迦様の花といわれ、節分で魔除《まよ》けをしたあとに幸運をもたらすものとされていた。江戸の者は迷信深い。だが、新兵衛はそんなことにはなんの感慨も抱かなかった。

「新兵衛さん、捜していたんです」

伝七の女房・おきんがやっている煙草屋の前に来ると、店の上がり框《がまち》で茶を飲んでいた金吾が腰をあげた。

「町方の話は聞けたか」

新兵衛はもう一度金吾を座らせて、自分も横に座った。おきんが頬杖《ほおづえ》をついて、煙管《キセル》を吹かしていた。

「へえ、岡部の旦那は松井田五兵衛という男を調べまわっていやす。元御先手組に殺しを依頼した者がいるとにらんでいるようで、御先手組を外されて浪人になった者をあたっているようです。まだ、見当はついちゃいないようですが……」

「それだけではなかろう」

「剣術道場も虱潰《しらみつぶ》しです。菅田市右衛門さんは相当の腕だったらしいので、下手人は並の腕じゃない、ひょっとすると道場破りをしている者かもしれないと……」

「だが、まだ下手人には辿《たど》りついていない」

「さいです」

「それじゃ、おれたちのほうが早いかもしれぬな」

「ヘッ、何か引っかかりでもありましたか」

金吾はひょっとこのような顔にある目を丸くした。

「どうなるかわからぬが、伝七がいま見張りをしている家がある。おまえも行って手伝ってくれ」

新兵衛はそういって、丸山常二郎の家を教えた。

暮れゆく西の空を三羽の鴉《からす》が飛んでいた。新兵衛はお加代が爪先《つまさき》だって暖簾《のれん》をあげたのを見て、声をかけた。

「何かうまいものを食わせてくれるか」

声にくるっと、お加代が振り返った。

「なんだ、新兵衛さんか」

「なんだは、ないだろう。小腹が空いていてな」

「それじゃ茶漬けでも作ってあげましょうか。どうせ、そのぐらいしか食べないでしょう」

「まかせる」

暖簾をくぐって店に入ると、奥の席に腰をおろした。

何もいわずとも酒が出てくる。燗《かん》にしてくれといわない限り、お加代は冷や酒を持ってくる。肴《さかな》はまき鯣《ずるめ》だった。じつはこの肴は新兵衛が教えたものだった。洗った鯣にくず粉を振りかけ、藁《わら》で丸く結んで煮るという簡単なものだ。鯣は一年中あるから、季節を選ばない酒の肴である。

茶漬けが運ばれてくると、いったん酒をやめてそっちに取りかかった。酒ばかり飲んでいるので、あまり飯は食わないが、茶漬けの類《たぐい》は例外だ。

常連客がひとり二人と現れ、お加代に軽口をたたいて、新兵衛に会釈をする。新兵衛は仕事はどうだ、女房の角《つの》は引っ込んだかなどと気さくに声をかける。小さな店なので、見知った客が多い。むしろ一見《いちげん》客はめずらしいぐらいだ。

新兵衛は豪快に飲むときもあるが、普段はちびちびとした飲み方をする。そっちのほうが微酔《ほろよ》いが長続きするからだ。

それに酩酊《めいてい》するほど飲むと、翌朝がきつい。さらに、いまは伝七の助働きをしているので、醜態をさらすような飲み方は慎まなければならない。

三合ほど飲むと、勘定をして自宅長屋に帰った。そのまま大の字になり、鼾《いびき》をかいて寝入ったのはすぐだった。

「新兵衛さん、新兵衛さん。起きてください」

体を揺すられて目をあけると、金吾が荒い息をはずませていた。

「どうした」

新兵衛はのそりと半身を起こし、腰高障子にあたる西日をまぶしく思った。

「寝てる場合じゃありませんよ。丸山常二郎って御武家が……」

そこで金吾はつばを呑《の》み込んだ。

「慌てるな。で、丸山がなんだというのだ?」

「腹を切ったんです」

「なにッ」

あくびしそうになっていた新兵衛は、いきなり覚めた顔になった。

「いつのことだ」

「つい先刻です。丸山家は大騒動です。人が出たり入《へえ》ったりしておりやす」

「そりゃそうだろうが……」

新兵衛は遠くを見る目になって、さてはおれの言葉で罪の意識に目覚めたか。つまり、自分のいったことは図星だった。そういうことかもしれない。

「伝七はどうしてる？」

「まだ見張りをつづけておりやす」

「よし、行ってみよう」

九

金吾の知らせを受けた新兵衛は、丸山常二郎の屋敷に馳《は》せ参じたが、常二郎の自害の理由はわからずじまいである。春兵衛《しゅんべえ》という中間《ちゅうげん》も、なぜ切腹したのかわからないと小首をかしげた。遺書も残していなかったという。

翌日、常二郎の通夜が行われ、その翌日が葬儀となった。その間、伝七と金吾は見張りをつづけていたが、葬儀の終わった午後に伝七が新兵衛のもとに駆けつけてきた。

「妙な男……」

新兵衛は伝七の話に目を細めた。

「へえ、浪人です。この浪人は丸山常二郎が腹を切った日にも屋敷を訪ねています。ですが、騒動に気づいてそのまま帰っていったんです」

「それで」

「通夜の晩にも現れましたが、焼香もせずに帰っちまいましてね」

「その浪人は丸山常二郎が腹を切ったことを知っていたのか？」

「いえ、腹を切った日には門の前にしばらく立っておりやした。屋敷が何やら慌ただしいので、訪問を控えたように見えました」

「ふむ」

新兵衛は瓢簞《ひょうたん》徳利に口をつけて酒を飲んだ。

「気になったんで尾《つ》けてみたんです。家は天神様そばの長屋です」

「そやつの名は？」

「そこまでは調べておりませんで……」

新兵衛は目を光らせ、粗末な家の中をぐるりと見まわした。戸口から入り込んだ一匹の蝿が飛びまわっていた。

「よし、そやつの家に案内しろ」

長屋を出たのはすぐだった。

途中で金吾が合流し、三人で伝七のいう浪人の家に向かった。

そこは湯島天神の門前町にある裏長屋だった。木戸番に浪人が住んでいるかと聞けば、二人いるという。

「もしや、松井田五兵衛なる者はいないか」

「松井田さんでしたら、長屋に入って三軒目の右側の家です」

あっさり答えた木戸番に、新兵衛は目を光らせた。

伝七と金吾は息を呑んだ顔になった。

すぐに松井田五兵衛の家を訪ねたが留守である。

隣の者に訊《たず》ねると、

「さあ、行き先はわかりませんね。しばらく家を空けられて、ひょっこり帰ってこられることもありますし……」

と、いう。

新兵衛は松井田の帰宅を待つことにした。

長屋のそばに具合よく茶店があり、その縁台に座って見張りをはじめた。伝七と金吾は茶であるが、新兵衛は当然酒を飲む。

西日に包まれた町屋の上には夕焼け雲が広がっていた。仕事帰りの職人や買い物に出かける長屋のおかみ、そして夕餉《ゆうげ》をあてこんだ棒手振《ぼてふり》の姿が目立つようになった。

夕七つ（午後四時）の鐘が鳴って半刻《はんとき》（約一時間）ほどしたとき、

「新兵衛さん、あの浪人です」

と、伝七が声をひそめた。

新兵衛はぐい呑みの酒をゆっくり飲みながら、伝七のいう浪人を見た。袴《はかま》をつけないで子持縞《こもちじま》の小袖《こそで》を着流しているだけだ。長身瘦軀《そうく》。双眸《そうぼう》が鋭く、頰が削《そ》げている。

新兵衛はぐい呑みの酒を飲みほすと、

「おまえたちは待っていろ。まずはおれが話をする」

といって立ちあがった。

そのままやってくる松井田五兵衛に近づき、声をかけた。

「率爾《そつじ》ながらお訊ねするが……」

松井田の足が止まり、新兵衛を値踏みするように見て、なんだと、つっけんどんな言葉を返してきた。

「お手前は、松井田五兵衛殿であるな」

松井田の眉《まゆ》がぴくりと動いた。

「おぬしは？」

「曾路里新兵衛と申す。往来で無粋な話もなんだ。ついてまいられよ」

「いかな話があるというのだ」

低くくぐもった鋭い声だった。

「……菅田市右衛門殿のことだ。そういえばわかるだろう」

松井田の顔つきが険しくなった。その目には殺気さえ宿った。だが、新兵衛は意に介さず、背を向けて歩き出した。無論、背後の動きには警戒している。

湯島天神の鳥居をくぐると人の姿が急に絶えた。奥の林で鴉《からす》が鳴き騒いでいる。

「きさま、酒を飲んでいるな。酔っているのか……」

松井田の声が背中にかかった。新兵衛は足を止めて、ゆっくり振り返った。刹那《せつな》、松井田の刀が鞘走《さやばし》った。薄闇のなかで白刃が一閃《いっせん》した。

新兵衛はよろけて塔頭《たっちゅう》に背中を預けた。

剣気を募らせた松井田が間合いを詰めてくる。

「いきなり、背中から斬りかかるとは卑怯《ひきょう》」

新兵衛はそう吐き捨てると、参道の石畳に戻り、刀の柄《つか》に手をかけた。腰をぐっと落とし、いつでも抜けるように身構えた。

撃ち込んでこようとした松井田が足を止めた。力量を見極めたのだ。

「何故《なにゆえ》、菅田市右衛門殿を斬った？……丸山常二郎に頼まれてのことであるか？」

「………」

松井田は八相に構えただけで無言である。

「おそらくそうであろう。丸山常二郎は、おれに問い詰められてもはや逃げられぬと覚悟し、ようやく罪の意識に目覚めたようだ。おぬしが斬った菅田市右衛門殿に非はなかった。そのことをおぬしは知っていたであろうか」

「なにをッ……」

「武士の理《ことわり》で、菅田殿は潔く身を引かれた方だった」

「しゃらくさいことを」

「おぬしはそのわけも知らずに斬った。そういうことであるか」

「きさま、いったい何者だ？」

「金次第で人殺しも厭《いと》わない。おぬしはそういう人間であろう」

「くくッ。いわせておけば」

松井田の目が血走った。同時に新兵衛の肩から胸にかけて、袈裟《けさ》斬りに刀を振ってきた。

ちん。

新兵衛は刀を抜きざまに松井田の太刀を撥《は》ねあげた。さっと半間下がり、体を酔っているように動かした。

実際、微酔《ほろよ》いである。構えた刀は柳のように左右に揺れる。

「む」

松井田が不審そうな目をした。だが、地を蹴《け》って鋭い斬撃《ざんげき》を送り込んできた。

転瞬、新兵衛の体がくるりと回転して、振りあげた刀が頭上でくるっと返された。

空を切った松井田が、慌てて振り返り、体勢を整えようとしたその刹那、新兵衛の刀が松井田の脇腹を襲った。

どすっと、肉をたたく音がした。

松井田は、「うげッ」と、蛙を踏みつぶしたような声を漏らして、前のめりに倒れた。

「伝七、金吾。縄を打て！」

すぐに伝七と金吾が駆け飛んできた。

「斬ったんでござんすか……」

伝七は目を丸くしていた。

「斬ってしまえば何も聞けぬであろう。棟打ちだ」

「さようで……」

伝七と金吾は気を失っている松井田に素早く縄をかけた。

「伝七、おまえの手柄だ」

新兵衛はそういうと、刀を納めて、そのまま境内を抜けていった。通りに戻ると、軒先の提灯《ちょうちん》に灯を入れる店があった。ぽっと点《つ》いた明かりが、白い女の頬を染めた。

新兵衛はその店で一杯引っかけることにした。

貧乏御家人

一

柳橋《やなぎばし》そばの船宿の二階で、曾路里新兵衛は酒を飲んでいた。

肴《さかな》は鯛《たい》の昆布〆《こぶじめ》。船宿は舟を待つ客ばかりが出入りするとはかぎらない。新兵衛のように酒食を目当てにやってくる客も少なくない。

先日、伝七に手柄を立てさせてやったばかりなので、懐は暖かい。伝七は、彼を手先として使っている北町奉行所の同心・岡部久兵衛から褒美の金を戴《いただ》くので、懐が痛むことはない。それに、町の岡っ引きは、近所で起きた揉《も》め事の仲裁や町の治安を守るというはたらきがあるので、付け届けが少なくない。

何か問題があったときに備え、町屋の連中は、日頃から岡っ引きを重宝している。町方の咎《とが》めを受けても、つるんでいる岡っ引きの訴えで目こぼしを受けることがあるからだ。

「やつとは長い付き合いになりそうだ」

新兵衛は独り言をいって、窓の外に目を向けた。花を散らした桜の青葉が、日の光に照り返っている。風は少ない。

一艘《そう》の猪牙《ちょき》が窓下の神田川を滑るように大川に抜けていった。

新兵衛は鯛の昆布〆を口に入れて、酒を喉《のど》に流し込んだ。二階座敷には舟待ち客が二組あった。茶を飲みながら静かに話をしている。

二合の酒を飲んだとき、睡魔に襲われた。そのままごろりと横になって目をつむった。ところが、どういうわけかすぐには眠れそうにない。かといって起きあがるつもりもなかった。体に心地よい倦怠《けんたい》感があるのだ。

ただ、目を閉じたまま伝七との出会いを思い出した。

それは三年前の冬のことだった——。

仲間の起こした不祥事の巻き添えを食って、浪人暮らしを余儀なくされた新兵衛は、そのころ、傘張りや楊枝《ようじ》削りの手内職をして糊口《ここう》をしのいでいた。文字通りの貧乏暮らしである。

そうはいっても些少《さしょう》の酒を飲むぐらいの金はあった。その夜は、蛇骨長屋の外れの小さな縄暖簾《なわのれん》で酒を飲んでいた。懐が淋《さび》しいので、肴は烏賊《いか》の塩辛だけである。

外には雪が舞いはじめており、建て付けの悪い戸板から冷たい風が吹き込んでいいた。新兵衛は大きな体を丸めるようにして、侘《わ》びしい身の上に酒をしみ込ませていた。

そんなとき、表で大きな声がした。威勢のいい声である。

「やいやい、巾着切《きんちゃくき》りの松太郎《まったろう》。これでてめえも年貢の納め時だ。おとなしく観念しやがれッ！」

「何かおれがやったという証拠でもあるか！」

「おお、大ありだ。これがてめえが掏《す》った財布さ。覚えがねえとはいわせねえぜ」

「そんなもん、どこで拾ってきた。おれにはまったく覚えのないことだ」

どうやら掏摸《すり》は白を切っている様子であった。

店で飲んでいた職人風の男が二人、店の戸を開けて表に顔を突き出した。同時に寒風が吹き込んできて、燭台《しょくだい》の火を揺らした。新兵衛は肩をすぼめて酒を舐《な》めた。

「さっき、広小路でお鶴《つる》って女房から掏った財布だ。金だけ抜いて、財布を法覚寺《ほうかくじ》横の堀川に捨てたじゃねえか。おれの目は節穴じゃねえ。冷たい堀んなかに入《へえ》って、これを拾いあげたんだ。さあ、おとなしくついてきな」

その直後、「あわ！」という悲鳴がした。

「斬りつけやがった」

と、驚きの声を漏らしたのは、騒ぎを眺めていた職人のひとりだった。その男が、

「お侍さん」と、新兵衛を振り返った。

「止めなきゃ、殺されちまいますよ」

職人は言葉を重ねた。

その間にも、やめろ、何しやがるなどと揉め合う声がしていた。

新兵衛はのそりと立ちあがると、寒い表に出てぶるっと体をふるわせた。寒風が吹きつけてきて酒で火照った体を冷やした。

十手を持った岡っ引きは及び腰で、短刀で斬りかかってくる松太郎という掏摸から逃げようとしていた。

ビュッと、短刀がまた振られた。岡っ引きは隣の商家の板壁に背中をつけた。

「や、やめろ。斬るんじゃねえ。斬ったらてめえの罪はかっぱらいだけじゃすまなくなるんだぜ」

岡っ引きは声を裏返し、松太郎を諭そうとするが、松太郎は見境のつかない顔をしていた。その顔が軒先に下げられた提灯の明かりに浮かんでいる。

「やめぬか」

新兵衛は進み出て、口に吹き込んできた雪を、ペッと吐き捨てた。そこへ助けを求める岡っ引きが、転げるようにやってきて新兵衛の後ろに回り込んだ。

「こいつは質《たち》の悪い掏摸なんです。どうか取り押さえてください」

岡っ引きはそういった。

新兵衛はもう一歩進んで、松太郎をにらんだ。

「刃物を捨てるのだ」

「うるせえ！」

松太郎は新兵衛の言葉も聞かず、斬りつけてきた。だが、新兵衛は少しも慌てず、短刀を握っている松太郎の腕を取るなり、地面にたたきつけた。そのまま腕をねじあげてやると、短刀が手からこぼれた。

「おい、終わった。あとはおまえの仕事だ」

新兵衛はそのまま店に戻って酒を飲んだ。

その岡っ引きが礼をいいに長屋にやってきたのは、明くる日の朝だった。

「昨夜はとんだ見苦しいところをお見せしちまいましたが、お陰で助かりました。あっしはこの辺を預からせてもらっている伝七と申しやす。これはほんの気持ちでございやす。どうかお納めくださいまし」

伝七はそういって、提げていた菰樽《こもだる》を差し出した。

「これはかたじけない」

「曾路里新兵衛さんとおっしゃるんですね。めずらしい名ですね」

「よくいわれるが、親の代からの名なので変えるわけにもまいらぬからな」

「そりゃ確かに……。ところで曾路里さん……」

「名だけでよい。あまり姓を呼ばれるのは好きではないのだ」

「はあ、それじゃ新兵衛さん。ひとつ頼みがあるんですが……」

「なんだ？」

「あっしは北御番所（北町奉行所）の、岡部久兵衛という同心の下ではたらくことがあるんですが、昨夜のようにときどき手に負えねえ危なっかしいやつがいるんです。腕の立つ浪人を相手にしなきゃならないときもあります。岡部の旦那《だんな》がそばにいれば何てことないんですが、あっしは始終旦那とつるんでるわけじゃないんで、そんなときちょいと助太刀を願えないだろうかと、へえ、不躾《ぶしつけ》な相談ではありますが、いかがなもんでしょう」

伝七は揉み手をして頭を下げた。

「よかろう」

「ヘッ、ほんとによございますか。いやそれは助かります」

伝七はぎょろ目を大きく見開いて、相好《そうごう》を崩した。

「ただし、ただではやらぬ」

「は……」

「ただでは動かぬということだ。金がかかる。もっとも些少の心付け程度でよい」

「はあ、そういうことでしたらご心配なく」

伝七は安堵《あんど》の表情になった。

それが伝七と付き合うはじまりだった。

――捨てる神あれば、拾う神ありか……。もっとも伝七は神ではないが……。

胸中でつぶやいた新兵衛は、やはり眠れないと半身を起こして、銚子《ちょうし》を手にした。いつの間にか外が暗くなっていた。さっきいた舟待ち客はいなくなり、代わりに二人の浪人らしき侍が離れたところに座っていた。

新兵衛は銚子を一本追加して、また伝七のことを思い出した。なんだかおかしくなり、ぷっと噴き出して酒を飲んだ。そのとき、視線を感じた。見ると、二人の侍がにらむように見ていた。新兵衛は視線を外して、また酒を飲んだ。

船宿を出たのはそれから間もなくのことだった。すでに宵闇が迫っていた。酔いを醒《さ》ますために、浅草橋を渡り、柳原《やなぎわら》土手道を流し歩いて帰ることにした。

神田川沿いの土手道には初夏の風が吹いていた。微酔《ほろよ》いの体には気持ちがよい。と、背後に妙な気配を感じた。気のせいかと思って歩いたが、さらにその気配が濃くなり、地面を踏む足音が耳にひびいた。

殺気を感じたのはすぐだ。刀の柄《つか》に手をやり、振り返ったその刹那《せつな》、黒い影が急にふくらむように迫ってきた。

二

とっさのことに、後手を取り、新兵衛は足を滑らせた。そこへ第二の殺人剣が襲いかかってきた。新兵衛は横に跳んでかわしたが、相手は二人である。横合いから胴を薙《な》ぎ払いに来る妖刀《ようとう》の光が一閃《いっせん》した。その瞬間、痛みが左腕に走った。だが、それは薄皮一枚を斬られたに過ぎなかった。

「何やつッ」

声を発して、背後によろけながら下がった。同時に刀を抜いた。

「こやつ、酔っているようだ」

右にいる男が低声《こごえ》を漏らした。

「斬れ」

左の男がつぶやくようにいって、間合いを詰めてきた。

新兵衛は頭を振って、しっかりしなければと思ったが、酒が過ぎていた。目が霞《かす》んでいる。このままでは斬られるという危機を覚えた。相手の顔は朧気《おぼろげ》にしか見えない。

新兵衛は青眼に構えたままじりじりと下がった。土手道の脇は左が神田川の狭い河原、右は古着店の並ぶ柳原通り。しかし、いまは人の通りはない。

間合いを詰めてきた男が撃ちかかってきた。新兵衛はその斬撃《ざんげき》を左に払うと、新たに撃ち込んできた男の太刀を、刀の棟で受け止めた。

がちっと、鋼の打ち合う音がして、火花が散った。短い鍔《つば》迫り合い。そのとき、月が叢雲《むらくも》から吐き出されて、相手の顔を浮かびあがらせた。

「きさま、何故《なにゆえ》にかようなことを……」

新兵衛の声は途切れた。

いきなり股間《こかん》を蹴《け》りあげられたのだ。これはまったくの不覚であった。後ろに尻《しり》餅《もち》をつくように倒れた。相手は逃げられてはならぬと、止《とど》めの剣を送り込んでくる。

新兵衛には防御の余裕がなかった。そのまま土手を転げるように落ちた。河原の藪《やぶ》に体を横たえ、萱《かや》をかきわけて、土手上を見た。二人の男は土手の途中まで下りて、目を凝らしていた。

新兵衛はじっとしているべきか、それとも神田川に飛び込んで逃げたほうがよいかと考えた。答えは逃げの一手。藪をかきわけて進んだ。

「いたぞ」

「逃がすな」

男たちの声が背後にあった。

新兵衛は川縁《かわべり》まで来ると、そのまま水のなかに飛び込んだ。一瞬にして酔いが醒めた。そのまま水のなかにもぐり、流れにまかせながら下流をめざした。

久右衛門《きゅうえもん》河岸《がし》の荷揚場に辿《たど》りつくと、ずぶ濡《ぬ》れの体を岸にあげた。しばらく四《よ》つん這《ば》いになって、肩を喘《あえ》がせた。対岸を見たが二人の男の姿は見えなかった。

ほうほうの体《てい》で長屋に戻ると、濡れた着物を脱ぎ捨て、褞袍《どてら》で身を包《くる》んだ。

「くそッ」

と、吐き捨てる。ついでに、くしゃみをした。

瘧《おこり》のように体がふるえていた。水に浸《つ》かったのですっかり冷えてしまったのだ。おまけに酔いも醒めた。せっかくの酒が台無しだ。

ふるえが治まると、瓢簞《ひょうたん》徳利に口をつけて、酒を流し込んだ。それでようやく人心地ついた。酒を二口飲んでから、男たちのことを思い出した。

鍔迫り合ったときの男の顔が脳裏に浮かんだ。太い眉《まゆ》に強情そうな団子鼻。どこかで見た顔だった。行灯《あんどん》の明かりで作られた自分の影を見つめながら、どこで会った男だったかと考えた。

……船宿だ。そうだ、あの二階座敷にやってきた二人組の侍のひとりだ。一度にらむように自分を見ていた侍だ。

だが、知った男ではない。襲われるようなことにも覚えはない。ひょっとすると、以前、伝七とともに捕縛した男ではないかと思ったが、すぐに打ち消した。あんな顔はいなかった。すると、牢送《ろう》りになった男の仲間。

……わからぬと、胸の内でつぶやく。

たんなる辻《つじ》強盗だったとは思えない。明らかに自分の命を狙っていたのだ。しかし、いくら考えても思いあたることがない。

翌朝起きても、昨夜のことが気にかかっていた。起きがけの酒を一杯飲むと、このままでは気色が悪い、あの者らの正体を突き止めなければならないと思った。とにかくといって思いあたる節がないので、捜しようもない。とにかく昨日の船宿に行って、昨夜の二人連れの侍のことを聞いてみようと決めた。

「新兵衛さん」

呼び止められたのは、長屋を出てすぐのところだった。伝七である。

朝日を浴びた伝七の顔はいつになくすがすがしい。

「どうした何もかも片づいたか……」

「へえ、お陰様で。それで礼に行こうと思っていたところです。どうです、その辺でお茶でも。それとも急ぎのご用でも……」

「いや、よい」

二人は浅草広小路にある茶店に入った。向かいの米問屋の軒先で、巣作りをしている燕《つばめ》の姿があった。

「やはり松井田の野郎は、丸山常二郎に金で雇われていただけでした。菅田市右衛門さんを殺さなければならないわけは聞いていなかったそうで……」

伝七は茶を飲んでから口を開いた。

「松井田はたんなる殺し屋だったというわけだ」

「金さえもらえば何でも請け負う男のようです。あっしがやつを丸山家で見かけたのは、約束の残り金をもらいに行くところだったそうですが、何やら屋敷が慌ただしいんで出直したといいます。それで再度行くと常二郎が自害したと知って地団駄を踏んだそうで……」

「それがやつの命取りになったわけだ」

「あんなとき、のこのこ姿を現さなきゃ、あっしの目にも触れなかったんですからね。それで、岡部の旦那《だんな》から言付けがあるんです」

「なんだ。おれのことを話したのか?」

「いいえ、あっしは何もいわなかったんですが、調べを受けた松井田がしゃべったんです。まあ、無理もありません。それに岡部の旦那は、もう新兵衛さんのことを知っていますから、一度顔合わせをしたいってことです」

「それは、どうかな」

新兵衛は遠くに視線を投げた。視界のなかを薬箪笥《だんす》を担ぐ定斎屋《じょうさいや》と、きれいに島田を結った町娘がすれ違ったところだった。

「うまく話をしておけ。おれは忙しいと……」

「岡部の旦那は会いたい素振りですがねえ」

「前にもいっただろうが、会えば岡部さんから依頼を受けることになるやもしれぬ。そんなことはごめんだ。おれはおまえの助働きだけで十分」

「そりゃあっしは助かりますが、別に悪い話ではないでしょうに……」

新兵衛は遠くを見たまま答えなかった。

自分は公儀役人からの落ちこぼれである。もはや職に就くことはかなわない身だ。だからといって、町奉行所の同心から直接指図されるのは、あまり面白くない。

その点、町の岡っ引きだったら気が楽であるし、好きなことをいえる。伝七の助働きをするもしないも勝手である。

新兵衛はいまの自由さを気に入っていた。これまで格式張った窮屈な武家社会に束縛されていた裏返しかもしれない。いや、公儀に仕えなければならないというたがが外れたのかもしれない。

「まあ、折があったらということにしておけ」

「それでよろしいんで……」

「よい」

「さいですか。じゃあ、うまく話をしておきやしょう。それからこれを……」

伝七は懐から出した紙包みを新兵衛に渡した。金だとわかる。重さから五、六両だろうと見当がついた。

「岡部さんからか」

「へえ」

「礼をいっておいてくれ」

懐に金をねじ込むと、そのまま伝七と別れた。

歩きながら懐の金を手探りで数えると、やはり五両であった。町方の同心の給金はさほど高くない。三十俵二人扶持《ぶち》。これに掛の手当としての役料三両から十両が支給されるが、さほどの高所得ではない。しかし、彼らには役得がある。とくに三廻《まわ》り（定町廻《じょうまち》り・隠密《おんみつ》廻り・臨時廻り）の同心は特別だ。

まず、江戸詰めの大名たちから「御用頼み」という付け届けがある。これには家来が問題を起こしたとき、穏便なはからいを頼むという意味がある。

また、犯罪人追捕《ついぶ》を旨とする同心らは、町人と接する機会が多く、彼らが事件に関われば、悪党たちから守ったり、性悪な奉公人らの問題も片づけたりする。よって、その礼金や先の御用頼みに似た付け届けもある。その収入は人によって違うだろうが、多い者だと年百両は下らぬという。

八丁堀の与力《よりき》・同心の羽振りのよさと、気っぷのよさには、そういった背景がある。

さて、新兵衛は昨日の船宿の前に来て、はたと足を止めた。昨夜のやつらが自分と同じことを考えて、どこかで見張っているのではないかと思ったのだ。しかし、それならそれで好都合。先方から接近してくれば、こっちの思う壺《つぼ》だ。

新兵衛はそのまま足を進めて、昨日入った船源《ふなげん》という船宿の暖簾《のれん》をくぐった。昨夕、酒や料理を運んでいた小女を捕まえると、二人連れの侍のことを訊《たず》ねた。

「ええ、覚えております。ですが、初めて見えた方で、どこの何という方かはわかりません」

小女ははきはきと歯切れよく答えた。

「それでは何もわからぬということであるか……」

「また、見えるかもしれませんので、ご用がおありでしたら言付けでも預かっておきましょうか」

新兵衛は少し考えて答えた。

「いや、よい。何かあったらまた来ることにいたそう」

三

大川を高瀬舟や材木船が行き交っていた。川の流れは穏やかで、陽光をきらめかせている。大橋を行き交う人々も、陽気のよさに足取りが軽そうだ。

だが、大橋東詰めにある垢離場《こりば》近くの茶店の縁台には、蝿が飛び交っていた。その店の前を蚊帳《かや》売りが眠気を誘う売り声をあげて通りすぎていった。

佐渡《さど》孝蔵《こうぞう》と三宅十七郎《みやけじゅうしちろう》は、その茶店の縁台に並んで腰掛けていた。葦簀《よしず》の陰であるし、また客もいないので、密談には困らなかった。

「ここにいても昨夜の男を見つけることはできぬ」

「孝蔵、あやつのことは捨て置け。どうせおれたちのことはわかりはせぬ」

十七郎は諭すようにいって、孝蔵の福々しい丸顔を見た。

「話を聞かれていたらいかがする」

「そのことはさっきから何度もいっているであろう。聞かれてはおらぬと」

「いや、それはわからぬ。そもそもおまえの地声が大きすぎるのだ。やつは眠っていたようだが、ちゃっかり耳を立てて話を盗み聞いたので、おれたちを見て笑ったのだ」

孝蔵は落ち着きなく貧乏揺すりをしていた。

「だが、あの話を聞いていたら何かいったのではないか。おれはやつと鍔迫《つばぜ》り合ったが、おれたちのことには気づいていないようだった」

十七郎は昨夜の浪人のいった言葉を覚えている。

――きさま、何故《なにゆえ》にかようなことを……。

あの浪人はそういったのだ。

もし自分たちの話を盗み聞きしていたなら、他の言葉を吐いたはずだ。そのことをさっきから話しているのだが、孝蔵は気になるからこのまま計画を進めるわけにはいかないという。よくいえば用心深いのだが、十七郎はもどかしかった。

「それではいかがする？」

孝蔵はがぶりと茶を飲んだ。

「これから乗り込むのだ」

「どうしてもやると申すか」

「やる」

十七郎が固い決意の目をすれば、孝蔵は足許《あしもと》に視線を落としてうつむく。

「おまえがやらぬなら、おれひとりでやる」

そういって立ちあがると、孝蔵が慌てた。

「わかった。どうせ腹はくくっておるのだ。よし、やろう」

二人は垢離場をあとにして、大橋を渡った。二人ともこれから人を斬るという思いがあるから、無言である。その目は殺気立っており、胸の鼓動が速くなっていた。

向かうのは、米沢町《よねざわちょう》一丁目にある河内屋《かわちや》という高利貸しである。

二人は役職のない小普請組《こぶしん》の者であった。いわゆる貧乏御家人《ごけにん》である。それも一代抱入《かかえいれ》であるから、役格につけなければ一生うだつのあがらない貧乏暮らしである。そして、役格につける見込みはほとんどなかった。

無役だから俸給は最低である。拝領屋敷の一部を人に貸してはいるが、賃貸料だけでは暮らしは立たないので、誰もが内職に精を出す。十七郎も孝蔵も、紙縒《こより》細工や筆作りの内職をしていたが、いっこうに収入は増えなかった。

そこで一発勝負の富籤《とみくじ》や博奕《ばくち》に手を出したが、これが貧乏に拍車をかけた。富籤が外れたのは致し方なかったが、博奕の負けが込んだのだ。しかたなく金を借りたが、それはいつの間にか倍々に増え、気づけば利子が十割という始末だった。

「あんな高利貸しに騙《だま》されてなるか」

と、憤るのも無理はないが、借りたほうが悪いのであって、返さなくてよい道理はない。しかし、二人にはない袖《そで》は振れない。高利貸しと直談判《じか》して、元金は返すが利子は勘弁してくれと頼んだ。ところが世間は甘くない。

「そんな勝手なことをおっしゃられると、こっちの商売上がったりでございますよ。もしお二人にそんなことを許せば、他のお客様への示しがつきません」

河内屋惣《そう》右衛《え》門《もん》は言葉穏やかにいったが、顔つきは厳しかった。

「そこを何とかこのとおり頭を下げてお願いするのだ。誓って他言はせぬ」

十七郎はそういって、頭を下げた。それも土間であるから文字通りの土下座であった。武士が商人に土下座をするのは、屈辱もいいところである。

だが、十七郎と孝蔵は、恥を忍び、武士の一分《いちぶん》をかなぐり捨てて頭を下げた。

「なりませぬよ。なりませぬ。どんなに頭を下げられようが、約束は約束でございます。ここに証文もあるのです」

「そこを曲げて頼む。今般に限り、涙を呑《の》んでくれぬか。悪いようにはせぬ」

「悪いようにはせぬとは、また面白いことをおっしゃる。頼まれていることそのものが、困りごとではございませんか。二本差しのお侍ともあろう方が、そんな物乞《ものご》いめいたことをおっしゃるとは……」

はあと、河内屋はため息をつく。

「物乞いといわれようが、わしらには利子が高すぎるのだ」

「金を借りるときには頭を下げ、また返せないからと頭を下げられる。わたしの立場だったらいかがなさいます。そんなお人好《よ》しの商売はどこにもありませんよ」

「それは至極もっともである。よくわかっておる。しかし、ないものはないのだ。どうにも都合がつかぬので、こうやって頭を下げているのだ」

「頼む、河内屋」

孝蔵も言葉を添えて、また頭を下げた。

「どんなに頼まれてもそれは無理でございますよ。どうしても払えないとおっしゃるなら、御家人株でも売っていただきましょうか。その約束の印に、刀を預からせていただくことになりますが……」

「まったく払わぬとはいっておらぬのだ。元金ならどうにか都合するといっているではないか」

「利子も少しなら払う。そうすればそのほうも損はないであろう」

孝蔵も横から、説得を試みた。

十七郎は恥も外聞もなく、土間に額をすりつけて、「頼む、頼む」と拝み倒そうとした。

「冗談じゃありませんよ。そんなみっともないことはおやめください。金に汚い守銭奴と思われても、わたしゃ金が元手の商売。ここで商い方を変えることなど、無理難題というものです。どうしても払えないとおっしゃるのなら、盗人《ぬすっと》でもやって金を作ってきたらどうです。お内儀か娘さんがいらっしゃるなら、体を張って仕事をしてもらったらいかがです。金を借りて勝手な理屈をつけて払えないというのは、盗人と同じではございませんか」

河内屋惣右衛門は、そういってぷかりと煙管《キセル》を吹かし、土間で土下座している二人を蔑《さげす》んだように見下ろした。

「妻や娘に体を売れと申すか」

十七郎は硬い地面をわしづかんで、河内屋を見あげた。

「他に何か手立てがございますか？　なければしかたのないことではございませんか？」

「お、おのれ……人が堪《こら》えて頭を下げているというのに、そのようなことをずけずけと……」

十七郎はその場で河内屋を斬り捨てたくなった。だが、孝蔵がここは堪えろと目顔で訴えてきた。十七郎は奥歯を噛《か》んで屈辱に耐えるしかなかった。

それが半月ほど前のことだった。

その間、二人は金の工面のことなど考えず、どうやって河内屋にひと泡吹かせてやろうかと考えつづけてきた。

結論は、河内屋を斬り、店の金を盗むということであった。

十七郎は孝蔵と肩を並べて歩いていたが、すれ違う武士も職人も商家の丁稚《でっち》の顔も目に入らなかった。ただ、ぐつぐつと腹のなかから怒りが沸きあがっているだけである。

気づいたときには河内屋の近くに来ていた。表の両国広小路の盛り場と違い、閑散とした通りである。河内屋はさらに脇道に入ったところにあった。

日中を選ぶのは、かえって人の目を誤魔化せると考えたからであった。それに、河内屋に押し入り、戸を閉めて、惣右衛門の口を塞《ふさ》げば、あとのことはすんなり運ぶはずだった。

「待て」

孝蔵がふいの声を漏らして、十七郎を制した。

「いかがした?」

「もし、昨夜のやつがおれたちの話を聞いていたとしたら、河内屋に通じたかもしれぬ。そうであるなら、前もっておれたちを待ちかまえている者がいても、おかしくない。町方でも手配されていたらことだ」

「そんなことは……」

「ないとはいえぬ」

孝蔵に言葉を遮られた十七郎は躊躇《ためら》った。孝蔵の言葉を無視するわけにはいかない。

「ことは慎重に運ばなければならぬ。油断したばかりに身を滅ぼすようなことになったら目も当てられぬ」

孝蔵が言葉を重ねた。

「それじゃいかがする？」

十七郎は孝蔵の顔をまじまじと見つめた。

四

船源のはす向かいに手ごろな蕎麦屋《そばや》があった。

新兵衛はその店でそばを肴《さかな》に酒を飲んでいた。格子窓の向こうに、船源の入口が見える。客や船頭たちの出入りがあるが、昨夜の侍たちの姿はまだなかった。

このまま一日が終わるかもしれない。無駄なことをやっているだけかもしれぬ。そんな思いがあるが、理不尽にも殺されそうになった手前、黙っているわけにはいかない。それに、あの侍たちを捜す手立ては他にないのだ。

――無駄になるかもしれぬが、待ってやる。

胸の内でつぶやく新兵衛は、猪口《ちょこ》を口に運ぶ。蒸籠《せいろ》にのったもりそばは、もう硬くなっている。ときどき薬味の白葱《しろねぎ》を箸《はし》でつまんで食う。葱の香りは悪くない。それに下ろし大根がまた肴になった。これにちょいとつゆをたらすのだ。

そうやって待つこと、もう一刻《いっとき》（約二時間）あまり。土間奥でそばを打っている店主が胡散臭《うさんくさ》そうな目を向けてくれば、お運びの小女も不審そうな顔をする。

迷惑がられては困るので、小女を呼んで板わさときんぴらを注文した。

「そばはおいしくありませんか？」

「ん……」

小女は蒸籠のそばと新兵衛を見比べた。

「いや、そんなことはない。あとで食う」

「早くお食べになったほうがよろしゅうございますよ」

「そうだな。そうしよう。おっと、長居をして悪いが、ちょっと人を待っておるのだ。迷惑をかけるつもりはない。そうだ、酒をもう一本もらおうか」

新兵衛が銚子《ちょうし》の首を持って振ると、小女は心得たという顔で下がった。それを見てからそばに箸を伸ばした、麺《めん》はひと固まりになっていた。それを箸でより分けて食したが、たしかに早く食うべきだった、あとで注文すればよかったと思う。

ぱさぱさになって腰のなくなった麺をたっぷりつゆに浸して食った。格子窓の外に目を向けて船源を見るが、昨夜の侍たちはいっこうに現れない。

そのころ、新兵衛が捜している十七郎と孝蔵は、船源からほどない一膳飯屋《いちぜんめしや》に腰を据えていた。

「あの浪人のことは忘れてよいのではないか」

十七郎は孝蔵を見ていう。

「しかし、気になるではないか。やつはおれたちの話を聞いて笑ったのだ。あの顔を見たであろう」

「たしかに気味の悪い笑い方をしたが……」

「おれたちの気のせいだったとしても、やはり気になる。そうではないか」

「まあ、そうではあるが……」

十七郎は爪楊枝《つまようじ》で歯をせせる。

「たとえ、あの者がおれたちの話を盗み聞きしていなかったとしても、あくどい河内屋のことだ。用心棒がいるかもしれぬ。いまになってそのことに気づいたのだ」

「用心棒だと……」

十七郎はそこまで思い至らなかった。そういわれると、河内屋のあのふてぶてしさに納得がゆく。後ろ盾があるからこそ強気でいられるのかもしれない。

……なるほど、用心棒か。

「おい、孝蔵。もし、用心棒がいるとなると、これはなかなか厄介なことであるぞ」

「そうなのだ。河内屋に乗り込むのはいただけないのではないか。頭に血が上っていたので考えが足りなかった」

「どういうことだ」

「河内屋にはあの惣右衛門の他に手代や女房や子もいる。そうではないか。やつを斬るだけならわけもないが、他の者に手を出すことはできぬ。たとえ店先のことであったとしても家人に気づかれたらおしまいだ」

十七郎は、はっとなった。なんと間抜けだったのだと、自分を嘲笑《あざわら》いたくなった。だが、顔は真剣そのものだ。

「迂闊《うかつ》であったな」

といいうしかない。

「そうだ。考えが足りなかったのだ。河内屋のことしか頭になかったからな」

「しからばいかがする……」

十七郎は声をさらに低くして、孝蔵に顔を寄せた。

孝蔵はうむうむとうなって、考えをめぐらした。十七郎も同じように難しい顔で、河岸場にある蔵に目を向けた。神田川の照り返しが、白い蔵の壁で揺れている。

「呼び出せばよいのだ」

先に口を開いたのは十七郎だった。

孝蔵が顔を向けてきた。

「呼び出して話をする。いや、やつが出かけるのを待って攫《さら》ってしまおう」

「それなら貸し付け証文と金はどうする？　証文を取り返さなければ、やつを殺しても借金は残ったままだ」

「……そこを何とかすればよい」

「ならば、もう一度河内屋に会おう。いや、これは人目につかぬほうがよいだろう。うむ、やつが出かけるのを待つか、外出から帰ってくるのを捕まえるのだ。そこで、うまく話をつけて、やつをあらためて呼び出す。そのときに証文を持ってこさせるのだ」

孝蔵は名案だという顔をする。

「……しかし、金は取れぬぞ」

「こうなったらしかたあるまい。借金が帳消しになるだけでよいではないか。欲をかいたばかりに身を滅ぼすということもある」

「そうだな。うむ、それしかないかもしれぬな」

十七郎は納得するようにうなずいた。

「だが、河内屋のことだ。懐に小銭しか持っていないということはなかろう」

孝蔵の付け足した言葉に、十七郎は目を光らせた。

五

酔わないように気を使って酒を飲んでいたが、さすがに二刻も飲んでいれば、心持ちがよくなってくる。新兵衛は河岸《かし》を変えたほうがよいだろうと思った。

「さて、勘定だ」

店の小女に声をかけたのはすぐだった。

「もうお帰りですか？」

小女は意外なことをいう。さっきは迷惑顔をしていたのではないか……。

「うむ、長居をしては申しわけがない。ここは飲み屋ではなく、蕎麦屋なのだからな」

「もうお客さんも引けましたので、気にされることないのに」

たしかに昼時には客の来店が多かったが、新兵衛が遠慮するほど混み合ったわけではない。

「いや、また来ることにする。釣りはいらぬ。取っておけ」

金を多めに置いて、差料に手を伸ばしたときだった。格子窓の外に、昨夜の二人連れの侍の姿があった。新兵衛は目を凝らした。

たしかにそうである。ひとりは自分と鍔《つば》迫《ぜ》り合った男だ。大きな団子鼻は忘れもしない。

新兵衛は独り言をつぶやいて店の表に出た。二人連れは町屋を右に折れた。柳橋を渡って、両国広小路に行くようだ。

「待った甲斐《かい》があった」

新兵衛は様子を見るために、尾行することにした。案の定二人は柳橋を渡り、両国広小路の雑踏のなかにまぎれ込んだ。それでも、新兵衛は見逃さない。片手を懐に入れ、爪楊枝を口にくわえて、二人の背中から視線を外さなかった。

それにしても広小路のにぎわいは相変わらずだ。陽気のよさも手伝っているのか、お上りと思われる人が目立つ。

その他にも、旅の僧侶《そうりょ》に継裃《つぎかみしも》を着た役人風の侍、大きな風呂敷《ふろしき》包《づつ》みを背負った貸本屋、島田の髷《まげ》に腰元結びの帯をした町娘、挟箱《はさみばこ》を持って歩く中間《ちゅうげん》、客を呼びながら歩く淡島願人《あわしまがんにん》、犬を連れた隠居老人など……。

周囲には水茶屋に芝居小屋、見世物《みせもの》小屋に楊弓場、床見世の前で軽業師がとんぼを切っている。色とりどりの幟《のぼり》がはためき、呼び込みの声と矢場から沸きあがる歓声、そして笛や太鼓の音が高い空に広がっていた。

雑踏を抜けると、それまでの喧噪《けんそう》が嘘のように静かになる。わずかに太鼓や笛の音が聞こえるぐらいだ。

先を歩く二人の侍は、米沢町に入り、ある小路で立ち止まった。

尾行している新兵衛は、小間物問屋の軒先に身を寄せた。天水桶《てんすいおけ》に水桶が積まれており、具合よく新兵衛の大きな体を隠してくれる。

二人はある一軒の店に入ったが、すぐに戻ってきた。二人で短く話し合い、近くの茶店の縁台に腰をおろした。誰かを待っている様子だ。

新兵衛はいったい何をしているのだと小首をかしげる。しかし、わけもわからず自分を斬りつけてきた男たちである。よからぬ企《たくら》みを持っていると思われる。

通りを風が吹き抜けてゆき、どこからともなく香の匂いを運んできた。近くに抹香屋があるのだ。二人連れの侍は、茶店の縁台に座って茶を飲んでいたが、ときどき声をひそめて言葉を交わしている。

その二人が腰をあげたのは、小半刻《こはんとき》ほどたってからだった。そして、二人の目は新兵衛のそばを通りすぎていった初老の男に注がれているようだった。

その男は麻の葉模様の着物に絽《ろ》の羽織、白足袋《しろたび》に雪駄《せった》というなりである。いかにも金持ち風情であった。

十七郎と孝蔵は外出から帰ってきた河内屋を認めるなり、縁台から立ちあがった。

二人に気づいた河内屋の表情が引き締まった。

十七郎は歩を進めると、河内屋の前に立ち塞《ふさ》がった。横に孝蔵が並ぶ。

「今日はご返済でございましょうか」

脂ぎった顔にある目を細くして河内屋が口を開いた。手に提げていた幸菱《さいわいびし》柄の巾着《きんちゃく》を強く握りしめる。

「その話でまいった」

十七郎が応じた。

「ご返済ではないということでしょうか」

河内屋は狸のように用心深い目を二人に向けた。

「金は返す。だが、河内屋ではなく他の場所にて行う」

「ほう、それはまたなぜ……。店では都合が悪うございますか」

「我慢ならぬのだ。おぬしに土下座をした店には二度と足を踏み入れたくない。苦い思いをしているからな。気持ちを察することはできよう」

河内屋はしばらく考える目をした。

「……さようでございますか。わかりました。それじゃどこへまいればよろしいでしょうか？」

「金は明日返す。その代わり証文を持ってくるのだ」

「どちらへ？」

「おぬしに遠出させるわけにもまいらぬから、難波橋《なにわ》の南詰めでよかろう」

難波橋は薬研堀《やげんぼり》に架かる橋である。

「料理屋でも屋敷でもない、大川端でございますか……」

「金を返すといっているのだ。場所など気にせずともよいだろう」

「それでいつ？」

「仕事の邪魔をしては申し訳ない。暮れ六つ（午後六時）過ぎでどうだ」

「……耳を揃えてのご返済ということでございますね」

「そういうことだ」

十七郎は人の気配を察して口をつぐんだ。

手拭《てぬぐ》いで頬被《ほおかぶ》りしたひとりの浪人が、背中を丸めうつむいて通りすぎたからだった。それを見送ってから言葉を継いだ。

「ひとりで来るのだ。よからぬことを考えるんじゃないぞ」

「それはわたしも申したいことです。よからぬことが起きては大変でございますからね」

「それでは明日だ。約束を違《たが》えるでないぞ」

「もちろん。返済していただければ当方には何も文句はありませんで……」

河内屋はそういって、にやりと口の端に笑みを浮かべた。

その日の夕刻、新兵衛はとんぼ屋の片隅で、ひとりにやにやと盃《さかずき》を傾けていた。

格子窓から見える空には、まだ日の名残がある。町屋の屋根に黒い影となってい
る数羽の鳩が、くるぅくるぅと、小さな鳴き声を漏らして、ふいに飛び去っていった。

――これは面白くなった。

新兵衛は立てた片膝《かたひざ》に肘《ひじ》をのせて、にやりとした。

二人連れの侍の話を断片的であるが、今日は聞き取っていた。二人が相手をしているのは河内屋という高利貸しだった。二人はその河内屋が店に戻ったのを見届けてからきびすを返したが、新兵衛はそのあとを尾《つ》けた。二人とも湯島三組町《みくみまち》にある小普請《こぶしん》組の拝領屋敷に戻った。

新兵衛はなぜ自分が襲われたのか、いまになってぼんやりとわかった気がした。

あの二人は、船宿の二階で、密談を自分に聞かれたと思ったのだ。

それは人に知られてはならないことであった。だから、船宿を出て酔い醒《ざ》ましに

歩いていた自分に、柳原土手で闇討ちをかけてきた。

――おそらくそうであろう。

新兵衛は胸中でつぶやき、忙しく立ち働くお加代をぼんやり眺めた。客は新兵衛の他に、近所の職人が二組入ったばかりだった。二組とも料理や酒を運ぶお加代と、軽口をたたき合っている。

――それにしてもやつら、高利貸しの河内屋を呼び出して、何をする気なのだ。金の返済だと口ではいっていたが、どんな魂胆があるのか……。

「新兵衛さん、今日はどうかしているわよ」

ふいにお加代に声をかけられた。

「そうか……」

「さっきからひとりでにやにや笑って……何かよいことでもございましたか？」

「いや、そういうわけではないのだがちょっとな」

新兵衛は言葉を濁して酒をあおった。

六

その日は朝から落ち着かなかった。

十七郎は屋敷の庭を用もなく歩きまわったり、縁側に腰をおろして、無闇に煙管《キセル》を吸いつづけた。のどかな鶯《うぐいす》の声も、新緑を濃くする木々の葉にも気づかなかった。今日は人を斬るのだ。

あらためて考えると、怖いことである。自分でやると決めているくせに、怖気《おぞけ》が走る。また、孝蔵が心変わりするのではないかという不安もある。

――しかし、今日はやらねばならぬのだ。

十七郎は強く自分にいい聞かせる。

それにしても刻《とき》のたつのがいつになく遅く感じられる。ところが、日が傾きはじめると、あれよあれよと刻が過ぎてゆく。

孝蔵と連れだって屋敷を出たのは、約束の刻限より早い夕七つ過ぎだった。孝蔵にも普段の落ち着きが感じられない。

「どこかで茶でも……いや酒でも引っかけていくか」

十七郎は肩を並べて歩く孝蔵に誘いをかけた。

「よかろう」

二人は佐久間河岸《さくまがし》そばの茶店で酒を飲んだ。一合でやめておくつもりだったが、もう一合飲もうということになった。

孝蔵はそのせいで顔を赤くしていた。十七郎は酒を飲んでも顔に出ないので、素面《しらふ》の顔だ。それでも気持ちは高揚していた。

日がようようと暮れてゆく。空にはきれいな夕焼けが浮かび、鳶《とび》が舞っている。仕事帰りの職人や、勤番侍が通りを行き交っていた。宵闇が迫ってきて、約束の刻限が近づいてきた。

「まいるか」

と、孝蔵がいった。

「うむ」

「おれたちの仕業だとわかったらいかがする？」

ほら来たと、十七郎は孝蔵を見た。

「いまさら何を申す。もうやると決めたのだ。あとには引けぬ」

「わかっているが、露見すればただではすまされない」

「怖じ気づいたか……」

「いや、そうではない。気になっただけだ」

孝蔵はそのまま黙り込んだ。十七郎も黙って歩いた。

「やつはおれたちを辱めたのだ。そうではないか」

「わかっておる。十七郎、懸念《けねん》あるな。おれとおまえは一蓮托生《いちれんたくしょう》。いずれにせよ河内屋をこのまま放っておくわけにはいかぬのだ」

孝蔵はいまごろになってわかったようなことをいう。

「そうである。……そうである」

大川は暮れなずんでいた。難波橋にも人気はない。大川端の土手に生える草が、夕風になびいていた。土手の反対側は大名屋敷の長塀である。対岸に見える本所《ほんじょ》の町も落日の影に沈もうとしている。

暮れ六つの鐘が空をわたっていったのは、それから間もなくのことだった。二人は表情を引き締めた。

昨日、河内屋に借金の返済をするといったが、もちろんそんな金などない。見せ金もない。ただし、河内屋の出方次第では斬るのをやめるつもりである。それは、河内屋が命と引き替えに借金を帳消しにすると折れてくれた場合である。

一瞬、川風が強くなったとき、難波橋の手前に二つの影が現れた。十七郎と孝蔵は目を凝らした。

河内屋か……。そうであった。

顔は陰になっているが、体つきから間違いない。

「十七郎、供連れだぞ。それも二本差しだ」

「用心棒かもしれぬ」

「くそッ、裏切りやがったか……」

「こうなったら用心棒も片づけるしかあるまい」

十七郎は刀の柄《つか》に手をかけた。間合い三間のところで河内屋は立ち止まった。

「河内屋、ひとりで来いと申したはずだ」

「たしかにそうおっしゃいましたが、お二人は二本差し。わたしは無腰でございます。あとで考えて、あまりにも心細いので味方をつけただけです。万が一ということもございます。どうかお許しのほどを。しかし、要は金の返済でございます。無粋なことを考えているわけではありませんでしょうな」

河内屋は探るような目を向けてくる。十七郎は連れの侍を見た。浪人のようだ。顔は薄闇のなかで陰になっている。しかし、その双眸《そうぼう》の鋭さと、立ち姿から並の腕ではないとわかった。

「それでは先に、金をお返しいただきましょうか」

河内屋が半歩前に出ていった。

「証文は持ってきたのだろうな」

十七郎は河内屋をにらみ据えて聞いた。

「ちゃんとお持ちしておりますよ」

河内屋は懐をたたいて、片頬に笑みを刷《は》いた。

「先にそれをもらおう。偽の証文なら目も当てられぬ」

「まさかそんなことは……」

「ないというなら、こっちに渡すのだ」

「あくまでも金と引き替えでございます」

「河内屋、どこまでもぬかりのないやつだな。だが、証文をもらう前に一言申しておく。きさま、おれたちが恥も外聞も捨てて土下座したのを忘れてはおるまい」

十七郎は一歩詰め寄った。

「もちろん覚えております」

「どれだけの恥辱であったか、きさまにはわかるまい」

「わたしが望んだことではございません。佐渡様と三宅様が勝手にそうなさっただけではございませんか」

十七郎はくわっと目を剝《む》いた。さらにもう一歩詰め寄った。すでに刃圏のなかである。いつでも斬り捨てられる。

「武士がその一分《いちぶん》を捨ててまで土下座をするということが、いかほどのことかきさまにはわかっておらぬようだ」

「わたしは商人《あきんど》でございます。汚い金貸しと陰でいわれているようですが、わたしはあくまでも商売をやっているだけでございます。人の情けにほだされるほどやわな心は持ち合わせておりません」

「証文を出せッ！」

十七郎は怒鳴った。

「金をお出しください」

「これがそうだ」

そういうなり十七郎は河内屋に斬りかかった。

ちーん！

金音がして、小さな火花が薄闇のなかに散った。河内屋の用心棒が十七郎の斬撃《ざんげき》を素早く払いあげたのだ。そればかりではなく、がら空きになった胸を一太刀で斬っていた。

「あわッ……」

十七郎は一瞬のけぞって半回転して地に伏した。

そのとき、土手の一方にひとつの影が現れた。

七

「やめぬかッ！」

新兵衛は土手を蹴《け》るように駆けると、斬られた十七郎のそばに立った。十七郎の異様な殺気に気づき、即座に飛び出したのだが、それは一瞬の遅れだった。

「か、河内屋、きさま……よくも十七郎を……」

佐渡孝蔵は声をふるわせ、刀の鯉口《こいぐち》を切ったままうめくようにいった。

「やめろ」

新兵衛が制すると、「はッ、きさまは」と、ようやく新兵衛に気づいた。

「佐渡さん、さあ金をお渡しいただきましょう。それにしても、もうひとり連れを隠されていたとは。さては端《はな》からわたしを斬る気だったのですね」

「黙れッ！」

孝蔵が刀を抜いた。

刹那《せつな》、河内屋の用心棒が牽制《けんせい》の突きを送り込んできた。それを遮ったのは新兵衛であった。鞘走《さやばし》らせた刀で打ち払ったのだ。

「ん」

用心棒の目が新兵衛に向けられた。

「よかろう。きさまを先に片づけることにする」

用心棒はそういうなり、胴を払い斬りに来た。新兵衛は半身をひねってかわすと、用心棒の背後に回り込み、肩口に鋭い斬撃を撃ち込んだ。

だが、用心棒は鍔元《つばもと》で受けて、新兵衛を突き飛ばした。すさまじい力であったがために、新兵衛は後ろによろけた。そのままふらふらと体を揺らすように、体勢を整えなおして、用心棒と対峙《たいじ》した。

「臭い。おのれ、酔っているのか」

用心棒が吐き捨てた。

新兵衛は答えずに酔眼になって、体の揺れと同調させるように剣先をゆらゆらと動かした。狙いは定まっていない。

「ふん、舐《な》めたことを……」

鼻で笑った用心棒が一気に間合いを詰めて、逆袈裟《ぎゃくげさ》に刀を振りあげてきた。新兵衛の胸は一太刀で斬られた。

だが、そうはならなかった。用心棒の刀は空を切っていた。そして、新兵衛の体はいつの間にか、用心棒の脇にあった。さらに、用心棒の脾腹《ひばら》に深々と刀が刺さっていた。

「うぐッ……」

用心棒は新兵衛に顔を振り向けた。それと同時に、新兵衛は刺した刀を引き抜いた。用心棒の体がどうっと前のめりに倒れた。これに要したのは、ほんのわずかの時間であった。

その証拠に、河内屋と佐渡孝蔵は呆気《あっけ》に取られた顔をしていた。

「佐渡と申すようだな」

新兵衛は刀の切っ先を孝蔵の鼻先に向けた。孝蔵は何もできないでいる。

「おぬしら、おれに闇討ちをかけたな。どういうわけでそんなことをされたのか気になっていたが、とんだ茶番を見物させてもらった。しかし、一歩遅れてこのザマだ」

「き、斬るな」

薄暗がりではあるが、孝蔵が血の気を失っているのがわかった。

「殺生《せっしょう》は性に合わぬが、さっきはやむを得なかった。だが、おぬしも……」

新兵衛は斬り倒された十七郎に目を向けた。

「この男も根っからの悪ではなさそうだ。貧すれば鈍するというが、ここで河内屋を斬り捨てて証文を奪い返しても、おぬしらは逃げおおせることはできなかったはずだ。たとえ、用心棒を斬り倒したとしても……」

「………」

孝蔵は言葉を失っていた。

「河内屋はおそらく、自分の身に何かあったら、おぬしらの仕業であると店の者に言付けを残しているはずだ。河内屋、そうではないか……」

「ま、まさにおっしゃるとおり……しかし、あなた様は……」

河内屋の声もふるえていた。

「曾路里新兵衛、しがない浪人よ。だがそんなことより、このケリをつけねばなるまい。河内屋、きさまは用心棒を使って幕臣を殺した。そうであるな」

河内屋はぶるっと顔をふるわせた。

「それがどういうことであるかわかるか。まあ、教えることもなかろう。しかし、ここはおれが目をつむってやる。武士の一分を捨てて、おまえに土下座した佐渡のことも見逃してやろうではないか」

「いったいどういうことで……」

「河内屋、欲の皮を張るんじゃない。おまえは人殺しの咎《とが》を受ける身だ。それがいやなら佐渡の証文を返してやれ」

「金は」

「たわけッ。この期《ご》に及んでも金がほしいと申すか。それはつまるところ、命はいらないということになるのだぞ……」

河内屋の頬が引きつった。

「おれはきさまの用心棒を斬った。だが、その咎は佐渡にはない。そうであるな」

「そ、それは……」

「証文だ。命が惜しければおとなしく出すことだ」

河内屋は逡巡《しゅんじゅん》したが、あきらめたように懐から借用証文を取り出して孝蔵に渡した。

「これで借金は帳消し、河内屋も殺しの咎は受けることもない。そういうことだ」

新兵衛は懐紙で刀をぬぐって鞘に納めた。

「斬られたこの二人の始末をどうするか、おまえたちで考えろ。お互い悪知恵がはたらきそうな顔をしている。うまくやることだ」

新兵衛はそれだけをいうと、さっと羽織の袖《そで》を引き伸ばして二人に背を向けた。

川風が新兵衛の顔をねぶっていった。

先の空に明るい星が浮かんでいた。

鰹のたたき

一

ほほう、芝居小屋にも燕《つばめ》が巣を作っているか……。

曾路里新兵衛は、顎《あご》の無精ひげを掌《てのひら》で撫《な》でて、子燕が口を大きく開けて鳴く愛らしさに目許《めもと》をゆるめた。番《つがい》の親燕が交互に餌を運んでいるのがまた微笑ましい。

そこは葺屋町《ふきやちょう》の市村座の前だった。役者の名を染め抜いた色とりどりの幟《のぼり》が立ち並んでいる。芝居小屋の入口である鼠木戸《ねずみきど》の左右には、絵看板が掲げられている。

富十郎《とみじゅうろう》、芝雀《しばじゃく》、高麗蔵《こまぞう》、歌右衛門《うたえもん》……。

豊国《とよくに》の描く錦絵《にしきえ》とは違い、登場人物の衣装はそれぞれにあでやかだが、その表情はどれもやさしい瓜実顔《うりざねがお》に描かれている。それでいて演目全体像が何となくわかるようになっている。

團十郎《だんじゅうろう》は出ないのかと、鼠木戸の男に訊《たず》ねると、

「團十郎の旦那《だんな》は、中村座でござんす。半四郎《はんしろう》さんや菊五郎《きくごろう》さんらといっしょですよ。お侍の旦那、当月は市村座のほうが評判でございます」

と勧める。

「さようか、たまには芝居見物と洒落《しゃれ》込みたいところだが、今日はよしておこう」

新兵衛は桶《おけ》を提げたまま市村座をあとにした。桶には本船町《ほんふなちょう》の魚河岸《うおがし》で仕入れたばかりの鰹《かつお》が入っていた。旬《しゅん》は過ぎたが、まだいける魚だ。これから帰って捌《さば》き、たたきにする。それが今日の楽しみだった。

それにしても二丁町《にちょうまち》の通りは華やかだ。さすが芝居町だけある。着飾った町娘たちは当代きっての役者めあてに芝居小屋に向かうようだ。

丁稚《でっち》を連れた旦那衆の姿もあれば、年老いた夫婦連れもある。芝居茶屋はいわずもがな、餅屋《もちや》に煎餅《せんべい》屋に飴《あめ》屋が呼び込みの声をあげている。それにかまびすしい笛や太鼓の囃子《はやし》がとけあっている。

蛇骨長屋に入ったときだった。一軒の店の縁台から立ちあがった男がいた。小菊柄の梅幸茶《ばいこうちゃ》に絽《ろ》の羽織を着た小太り。気づいた新兵衛は眉宇《びう》をひそめた。

男はゆっくりと道の真ん中に立ち、口許にかすかな笑みを湛《たた》えた。河内屋惣右衛門であった。

「河内屋、いかがした？」

「いかがもどうもありません。曾路里の旦那を捜していたんでございます」

「おれのことを……」

「さようで。どうしてもご相談したいことがございましてね。いやほうぼうを捜して、やっと辿《たど》りついたというわけでございます。こんな通りで立ち話もなんです。少しお付き合いいただけませんか……」

河内屋は隅に置けないこすっからい目を向けてくる。

「いかようなことだ？」

「お手間は取らせませんので……」

新兵衛は少し考えてから、待っていろと河内屋にいいつけた。そのままとんぼ屋に足を運び、仕込み仕事をしていたお加代に声をかけた。

「どうなさったの？」

お加代は前垂れで手を拭《ふ》きながら小首をかしげた。

「鰹を仕入れてきた。ここで捌くつもりであったが、ちと用ができてな。すぐにすむとは思うが、遅くなるようだったら先に捌いておいてくれないか」

新兵衛は鰹の入った桶を差し出した。

「あら、活《い》きのよい鰹ですこと」

桶をのぞき込んだお加代が、小鼻にしわを寄せて笑みを作った。

「たたきにしたい。脂の乗りは悪くないはずだ」

新兵衛はそういい置いて、待たせている河内屋のもとに戻った。

「手短に頼むが、あくどい金貸しからの相談とは異なことだ。どうせよからぬ話ではあろうが、聞くだけ聞いてやる」

「お口の悪いことを……」

そう応じる河内屋だが応《こた》えた様子はない。

「口の悪さは生まれつきだ。さあ、どこへまいる」

「それじゃご案内いたしましょう」

河内屋は腰を低くして先に歩き出した。そのまま浅草広小路の雑踏にまぎれ、大川のほうへ向かう。ついてゆく新兵衛は、先日の一件を片づけたあとで、河内屋のことを少し調べていた。

高利貸は一般に、日済銭《ひなしぜに》・月済銭《つきなしぜに》・損料貸《そんりょうがし》が主であるが、河内屋は月済銭を専門にしている。まず利子を天引きして翌月の期限まで、元金を等分した一定の金を返済させる方法をとっている。

具体的にいえば、二両の金に月金一分の利子である。二両は八分であるから、利子は一割二分五厘となる。一般の質屋や金貸しの利子は、年一割五分程度だからとんでもない高金利である。その代わり保証人いらず、物品の入質などもいらないという手軽さがある。もっとも下手に手を出さないに越したことはないが、背に腹はかえられないという者は少なくない。利子が高くても腹をくくって借りてしまうのだ。

しかし、返済を滞らせると、相手が武家であろうが町人であろうが容赦ない。集めた与太者《よたもの》を門口や玄関に送り込み、口々に騒ぎ立てさせ、体面を傷つけ、近所の信用を落とすように仕向ける。

また河内屋は、あくどい金貸しの他に、湯島と深川に料亭を持っているという。新兵衛はその料亭がどこにあるかまだたしかめてはいないが。

河内屋が案内したのは、浅草花川戸《はなかわど》にある上等な料理屋であった。二階座敷からは大川の流れが望め、行き交う舟を眺められる。少し下流には虹《にじ》のように弧を描く吾妻橋《あずまばし》がある。

客間には小さな床の間に違い棚。一輪挿しに木槿《むくげ》の花を投げ入れてあり、のたくったような書が一軸掛けられていた。

「それで話とは何だ？　勿体《もったい》ぶらずに話せ」

酒肴《しゅこう》が調ったところで新兵衛は口を開き、勝手に銚子《ちょうし》の酒を盃《さかずき》に注《つ》ぐ。膳部《ぜんぶ》には鯛《たい》と鮑《あわび》の刺身が、平皿に盛りつけられている。小鉢には小松菜と胡麻《ごま》の和え物。

「いや、それよりまずは先日のお礼を申さなければなりません」

「ふむ。おぬしのようなあくどい男にしては殊勝である。うまく片づけたか……といってもそれとなく耳にはしているが」

新兵衛は酒を飲んだ。

件《くだん》のことは、河内屋の用心棒と三宅十七郎が勝手に斬り合い、相討ちをして果てたことになっていた。その真相を知っているのは、新兵衛と河内屋と小普請《こぶしん》組の御家人《ごけにん》佐渡孝蔵だけである。

「いやいや、ご内密にお取り計《はから》いいただき、まことに恐縮のいたりでございます。さ、どうぞ……」

河内屋は新兵衛に酌をしたあとで言葉を継いだ。

「それで、ご相談と申しますのは、是非とも曾路里さんに、わたしの用心棒になっていただけないかと、ま、そのような話なのでございます」

「用心棒だと……」

新兵衛はまだ素面《しらふ》の目を河内屋に向けた。

二

「たわけたことをぬかすやつだ」

ハハハと、新兵衛は笑い飛ばした。

だが、河内屋は至極真面目顔である。

「先に曾路里の旦那が斬られたのは、門脇忠兵衛《かどわきちゅうべえ》という練達の剣術家でした。諸国を渡り歩き、数々の道場荒らしをして煙たがられている侍ではありましたが、旦那はそんな門脇さんをいともあっさりと斬り倒されました」

「おぬしはその門脇を用心棒に雇った男。つまりは主《あるじ》と使用人の間柄だったわけだ。その大事な使用人を斬り捨てたおれは、おまえにとっては敵《かたき》であろう」

「敵などとは思っておりません。わたしはこの身を守ってくださる方を尊敬する者でございます」

「ふふふッ、片腹痛いことを申すやつだ。斬られた門脇忠兵衛が、どのような思いでおまえに仕えていたのか、そのことを考えたことはないのか」

「それは、無論……」

「ほざけッ。もし、おれがおまえの用心棒になって、他のやつに斬られたとしたら、おぬしはまた同じことを繰り返すだけだ。つまるところ、おまえのいう用心棒とは、ただの捨て駒に過ぎないということだ。そうではないか」

「いや、そのようなことは考えておりません」

「嘘をつくな。おまえの黒い腹の内はとうに読めておる」

「月十両の金を払うといっても断られますか？」

「十両……」

新兵衛は眉《まゆ》を上下に動かして、酒をあおった。

月十両は大金である。おいしい話だ。

「金で釣ろうというのか……」

「曾路里の旦那《だんな》であれば、惜しい金ではございません」

「それだけおまえは危ない橋を渡り、また命を狙われてもいる。そういうことであるか」

「商売柄致し方のないことで……さあどうぞ」

新兵衛は酌を受けて、また酒を飲む。

うまい酒だ。その辺の安ものとは違う極上の銘酒であった。上方《かみがた》からやってくる酒のなかでも銘酒中の銘酒と思われる。

だが、酔いがまわればその味はわからなくなる。酔えば極上酒も下酒もみな同じで、味のより分けなどできない。

「月十両は、清水《きよみず》の舞台から飛び下りるほど思い切ったことでございます。ご承諾くだされば、幸甚このうえないのですが……」

新兵衛は黙って酒を飲んだ。

「いかがでしょうか……」

河内屋は揉《も》み手をして身を乗り出し、物欲しそうな目を向けて、言葉を継ぐ。

「旦那のことを少し調べさせていただきました」

「なに……」

新兵衛は盃を宙に止めた。

「旦那は、元大番組におられた方。ところが、ただの組士ではない。天然理心《てんねんりしん》流の指南免許持ち。大番組で曾路里新兵衛の右に出る者はいないといわれた方。その腕は上様も見込まれ、和泉守兼定《いずみのかみかねさだ》という業物《わざもの》を賜ったとも聞き及んでいます」

河内屋の目が新兵衛の愛刀に注がれた。

「誰にそんなことを聞いた……」

「わたしにはいろんなお客がありますす」

「……ふん、客筋からの種というわけか」

新兵衛は酒を舐《な》めた。大方、客になっている旗本あたりに調べさせ、利子を負けてやったのだろう。

「これは他でもない旦那を見込んでの頼みでございます。どうかお請けいただけませんでしょうか」

河内屋は一膝《ひとひざ》進めて、頭を下げた。

「断る」

いってやると、河内屋の顔がこわばった。その目には敵意の色さえ浮かぶ。

「人の足許《あしもと》を見ての相談であろうが、おまえに使われるようなおれではない。馳走《ちそう》になった」

新兵衛は畳を蹴《け》るようにして立ちあがると、そのまま客間を出ていった。

三

おぎゃあ、おぎゃあと赤子の泣く声がする。

とんぼ屋の前で足を止めた新兵衛は、どこで泣いているのだとあたりを見まわすが、どうもとんぼ屋のなかのようだ。そっと暖簾《のれん》をめくると、

「よしよし、泣くんでないよ。おー、よしよし……」

お加代が胸に抱いた赤ん坊をあやしている。

新兵衛は目をぱちくりさせた。

「どうしたんだいその子は？　まさか、お加代さんが産んだなんてことはないな」

「冗談はよしてくださいな。捨て子らしいんです」

お加代はようやくおとなしくなった赤ん坊のおでこを撫《な》でて、入れ込みの縁に腰

かけた。

「捨て子って……誰が拾ってきたのだ？」

「左官の梅《うめ》さんです。今朝仕事に行くとき、日輪寺《にちりんじ》の門前で見つけたそうなんです」

「寺に捨て置かれたのか。捨てたのは……」

「誰かわかりませんよ。でも、梅さんのおかみさんが日輪寺に聞きに行っていますす」

新兵衛は赤ん坊をのぞき見た。ぷくぷくと丸い顔にほっぺが桃のようだ。

「……それでこの子はどうするんだ？」

「親が見つかればいいのですけれど、見つからなければ誰かに預かってもらうしかありませんね」

お加代がそういったとき、また赤ん坊が激しく泣きはじめた。どんなにあやしても泣きやもうとしない。新兵衛もお加代といっしょになって、「べろべろばー」をやったりするが埒《らち》が明かない。

「お加代さん、腹が空いてるのではないか」

新兵衛がそういうと、お加代ははっとなって、そうかもしれないという。

「きっと、そうだ。お加代さん乳を飲ましてやれ」

「乳？　なにいってんです。わたしのは出ませんよ」

「それじゃいかがする」

「困りましたわね」

お加代はぐずる赤ん坊をあやしながらしばらく考えた。

「そうだ。新兵衛さんの長屋に子育て中の人がいましたね。お菊《きく》さんだ。そうそう新兵衛さん、お菊さんに頼みましょう。呼んできてくださいな」

いわれた新兵衛はそのまま自分の長屋に帰り、お菊にわけを話した。ちょうど子供を寝かしつけたところなので、役に立つならとお菊はいってくれた。

とんぼ屋に入ると、お菊はまあ可愛らしい子と頬をゆるめ、ぽろりと大きな乳房を出して、赤ん坊に乳首を含ませた。

やはり赤ん坊は腹が空いていたらしく、お菊の乳をチュウチュウとうまそうに吸った。乳を吸い終わると安心したのか、すやすやと寝息を立てて眠った。現金なものであるが、親に捨てられた子である。同情しないわけにはいかない。

その可愛い寝顔を見つめていると、梅吉の女房おそねがやってきた。

「やっぱりわからないわよ。寺の住職も他の坊さんもちっとも気づかなかったらしいんだよ。それで寺で預かってくれといったんだけどね、先月も捨て子があり、それで振りまわされたので懲り懲りだ。他のところに頼んで何とかしてくれっていわれちまったわよ」

おそねは額の汗をぬぐって、新兵衛たちを困惑顔で眺めた。

「それじゃどうしたらいいかしら……」

と、お加代はお菊を見る。

「わたしはだめですよ。まだ生まれて間もない赤ん坊がいるんです。それに亭主が許してくれるはずがありませんし……」

お菊は鼻の前で忙しく手を振った。

「寺の住職は、捨てた親は必ずまた自分の子がどうなったか見に来るから、そのときを待ったらどうだというんだけど、どうしたものかねえ」

おそねはみんなの顔を眺めた。

「それじゃ来るかどうか見張ればいいのじゃないかしら」

お加代がそういって、視線を新兵衛に定めた。

「まさか、おれにやれと……」

「新兵衛さんしか頼める人いないじゃありませんか。その親がとんでもない人だったらどうします。ねッ、こういうときこそ新兵衛さんの出番じゃないの。みなさんもそう思いませんか」

女どもは「そうだ、そうだ」と、お加代に相槌《あいづち》を打つ。

新兵衛に反論の余地はない。

小半刻《こはんとき》後、新兵衛は日輪寺の参道そばに腰をおろしていた。

目に若葉、初夏の風……。

そんなことを胸の内でつぶやく新兵衛は、鰹《かつお》のたたきのことを頭の隅で気にした。

だが、可哀想な赤ん坊のことがある。酒を断ってでも親を捜しあてなければならない。

しかし、待てど暮らせど、親とおぼしき男も女も現れない。顔を合わせるのは寺の坊主と墓参りに来た町の者ぐらいだ。

そのうちだんだんと日が傾き、空が茜色《あかねいろ》に染まりはじめた。酒も飲まずに寺の境内で半日近く座ったり、歩いたりを繰り返すのは楽ではなかった。酒でもあれば気もまぎれるのだがと思わずにはいられない。

やがて日が落ち、夕闇が迫ってきた。赤ん坊の親は現れないのではないかと、半ばあきらめの気持ちになるが、ここで放り出しては、あの女たちに何をいわれるかわからない。何しろ口さがない女たちばかりだ。

もう少し粘ろうと、鐘撞堂《かねつきどう》の石段に腰を据えようとしたとき、山門に女の影がよぎった。新兵衛はその様子をじっと遠くから見守った。

女はまだ若い。二十歳前後であろうか。本堂のほうをのぞき見、通りを眺め、山門にある数段の石段を見つめた。拾われた赤ん坊はその石段に置いてあったという。

女は胸に手をあてると、小さなため息をついて歩き去った。新兵衛はそこで声をかけてもよかったが、白を切られるのを危惧《きぐ》して、とりあえずあとを尾《つ》けて住まいを突き止めることにした。

四

日輪寺の前から歩き去った女は、そのまま西のほうへ向かった。下谷のほうである。夜の帳《とばり》が下りつつある。女の裾《すそ》からのぞく白い脛《はぎ》が薄闇のなかで見え隠れしている。

やがて、女は下谷山崎町《やまざきちょう》二丁目の町屋に入った。新兵衛は気取《けど》られぬようにあとを尾ける。女はとある一軒の長屋に入って、姿を消した。

新兵衛はその家の戸が閉まるのを見て、路地を進んだ。路地奥で魚を焼いているおかみがいる。その煙が路地にたなびいていた。あちこちの家からいろんな話し声が聞こえてくる。どの長屋も同じである。

ほとんどの家は陽気がいいから戸を開け放しているが、最前の女の家だけは人を拒むように、きっちり戸を閉めている。

「夜分にあいすまぬ」

声をかけると、少しの間があってか細い声が返ってきた。

「訊《たず》ねたいことがあってまいった」

新兵衛はそういって戸を開けた。

家のなかに行灯《あんどん》は点《とも》してあるが、それでも薄暗がりだ。女の緊張したような白い顔が新兵衛に向けられていた。

「曾路里新兵衛と申す、しがない浪人である。つかぬことを訊ねるが、そなたにはややこがいるのではないか」

女の顔が、はっとこわばった。

「ふくよかで元気な男の子だ。そうではないか……」

「なぜ、そんなことを？」

女は目を瞠《みは》ったまま問い返した。

「おらぬか」

女はうつむいた。膝《ひざ》のうえで拳《こぶし》を握りしめ、唇を噛《か》んだ。

「日輪寺という寺がある。そこに今朝、赤ん坊が捨てられていた。気のよい左官が拾って面倒を見ているが、もしやそなたの子であるならお引き取り願いたい」

「わたしには赤ん坊などおりません。すみませんが、そこをお閉めになってくださ い」

新兵衛は三和土《たたき》に入って、後ろ手で腰高障子を閉めた。

「手前の勘違いであればよいが、乳飲み子は元気である。腹を空かしていたので、近所の長屋の女房が乳を飲ませると、嬉《うれ》しそうに微笑んだ。ほんとに無邪気な顔であった。幼き子の先行きを考えると、心が痛む。もらい手が現れればよいが、このご時世、どこの家にもそのような余裕はないであろう。運が悪ければ……」

「わたしの子ではないといってるではありませんか。見も知らない方から説教などたくさんです」

女はキッと厳しい目をしたが、すぐに新兵衛から視線を外した。

新兵衛はゆっくりと家のなかを見まわした。こざっぱりした家だ。それも調度が少ないからだと気づく。柳行李《やなぎごうり》がひとつに、夜具が隅にきちんと畳まれている。

「名はなんと申す？」

「……かねといいます」

女はうつむいたまま声を漏らした。

「そなたには子はない。そういうことであるな」

新兵衛はじっとおかねを見る。

おかねはうつむいたまま、少し間を置いてうなずいた。

「さようか。とんだ無礼であった」

「お待ちください」

帰ろうとする新兵衛を、おかねは呼び止めた。

「さっき、運が悪ければとおっしゃいましたが、運が悪ければどうなるといわれるんです」

「もらい手がなければ、いずれ命は尽きるだろう。無縁仏となって墓に埋められるだけだ。慈悲もないが、それが捨て子にとってのためであろう。生きて地獄を見るより、死んで生まれ変わり、不自由をしない家で育てられるのが幸せというものだ」

新兵衛は半ば脅し文句を使った。

「その赤ん坊は殺されるというのですか……」

女は鈴を張ったような目を新兵衛に向けた。

「どうなるかわからぬが、それは最後に預かった者の考え次第であろう。口減らしはめずらしいことではない」

あわい行灯の明かりを受けるおかねの顔に、戸惑いと躊躇《ためら》いが浮かんだ。

「なぜわたしのことを……？」

「赤ん坊は日輪寺に捨てられていた。捨てた親は自分の子がどうなったか気になって、またたしかめに来るという。おれはそれを待っていた。すると、そなたが現れたという次第だ。だが、違うというのであれば無駄足であった。失礼する」

「お待ちください」

おかねが慌てたように身を乗り出した。

「わけがあるのです。わけが……。どうしようもなかったのです」

おかねはそういって、肩をふるわせて悔しそうな泣き声を漏らした。新兵衛は醒《さ》めた目で、おかねを見下ろした。

「やはり、そなたの子であったか。わけがあると申したが、聞かせてもらえるか」

おかねはゆっくり顔をあげると、涙を掌でぬぐった。新兵衛は上がり框《がまち》に腰をおろして、差料を脇に置いた。

「聞かせてくれ」

五

「あの子はさる旗本の殿様との間に生まれました」

「名は申せぬのか?」

「御《お》掃除町《そうじまち》にお住まいの榊庄衛門《さかきしょうえもん》様という方です。わたしは半年前まで、上野池之端《いけのはた》にあります料理茶屋の仲居をしておりましたが、榊様に目をかけられ、妾《めかけ》にしていただきました。ところがお腹に子ができたと知ると、榊様は急にわたしのことを煙たがられ、わたしはあてがわれていた家から追い出され、勤めていた料理茶屋にも手をまわされて、店にもいることができなくなりました。手切れの金を渡されましたが、これから子を産み子育てをする身には雀の涙……」

おかねはぐすっと洟《はな》をすすった。

「どうして子ができたぐらいでと恨みもしますが、相手は旗本の殿様、押しかけていくわけにもいかずの泣き寝入りです。身重の体に無理もできないので、手切れの金でここに越してきて子供を産みましたが、子供を抱えて仕事をするわけにもいかず、そのうち手許《てもと》不如意になり、どうにもしようがなくなったのです」

「乳飲み子がいては働きたくても働けないのは無理もないな」

「子を預かってくれる人でもいれば、どうにかなったのですが……それも叶《かな》わないので、悩みに悩んだ末にあの子を……」

おかねはそういうと、ほろほろと涙をこぼして肩をふるわせた。新兵衛は宙の一点に目を据えて考えた。

「榊庄衛門殿とはどれほどの付き合いであった？」

「かれこれ三年になります」

「身重になるまではよく面倒を見てもらっていたのだな」

「それなりにしていただいておりましたが、あの殿様には他にも妾がいます」

「何人だ？」

「二人です」

「正妻はそのことを知っているのであろうか？」

「それはわかりません。ですがあの殿様のことですから、きっと隠されていると思います。殿様は榊家の婿養子になって跡を継いでいる方です。奥様に知られたら大変なことになると思いますから……」

「手切れの金はいかほどもらった？」

「十両でした」

これにはあきれた。身重になったからと追い出すのであれば、その女の先行きを考えて少なくとも一、二年は不自由なく暮らせる金を渡すべきだ。二十両、いや三十両はあてがってもいいはずだ。

榊庄衛門とはずいぶん吝嗇《けち》な男だ。それに、自分に火の粉が降りかからないように、おかねを勤めていた店から追い出しもしている。

——気に食わぬ。

新兵衛は他人事《ひとごと》ながら腹が立った。

「おかねと申したな。その榊庄衛門の家を教えろ」

「それはいけません。あの方に会って何を話されるつもりかわかりませんが、わたしのことはとにかく、殿様が困られます」

「何を申すか。困っているのはそなたであろう。人のいい女だ。悪いようにはせぬ、榊庄衛門の家を教えるのだ」


小半刻《こはんとき》後、新兵衛は榊庄衛門の屋敷門の前に立っていた。その武家地の南方には立花左近将監《たちばなさこんしょうげん》（筑後柳河藩《ちくごやながわ》）の上屋敷があった。

屋敷門は長屋門ではないが、ちゃんと瓦屋根《かわらやね》をのせてある立派なものだった。声をかけること三度目で、屋敷内に足音が聞こえ、両開き門に人が近づいてきた。

「どなた様でございましょう？」

「曾路里新兵衛と申す。折り入って榊庄衛門殿にお目通りを願いたい。目付酒井《さかい》忠信《ただのぶ》様からの使いだと取り次いでもらいたい」

目付の名を口にしたのは、たんなる機転である。そうでもいわなければ、庄衛門が会ってくれないだろうと考えたからだ。

若年寄に属す目付は、旗本の監察を主務としている。榊庄衛門も、見知らぬ相手でも通さないわけにはいかないはずだ。

案の定、取次に行った者がすぐに戻ってきて、門を八の字に開き屋敷内に入れてくれた。玄関に入ると奥の座敷に案内を受けた。すでに庄衛門は座敷で待っていた。だが、新兵衛を見るなり、小首をかしげ、眉《まゆ》をひそめた。

「目付酒井様からの使いだと聞いたが……」

新兵衛は座敷に入ると、ゆっくり腰をおろしてから、

「曾路里新兵衛と申す者です。目付からの使いとは嘘でござる」

と、打ち明けた。

「なにッ」

庄衛門は眉間《みけん》に深いしわを彫り、床の間の刀掛けに手を伸ばそうとした。

「しばらく、しばらく」

新兵衛が制すると、庄衛門は動きを止めた。四十前後の男盛りだ。血色もよく、さぞ女にもてそうな面立ちである。

「何故《なにゆえ》偽りごとを口にしてわたしに会いに来た」

「おかねのことです」

「おかね……」

「知らぬとはいわせません。あなたの子を身籠《みご》もった女のことです」

「……それがどうした。あの女とはちゃんと手が切れておる。いまさら四の五のいってのたかりならさっさと退散願おう」

「ならば声を大にして申しましょうか。池之端仲町《なかちょう》にある料理茶屋椿亭《つばきてい》で知り合ったおかねを殿様は妾として囲い……」

「ま、待て、待ってくれ」

庄衛門は身を乗り出して、新兵衛の大声を遮った。額に冷や汗を浮かべるほどの慌てようである。

「ならば話を聞いてくださいますな」

「何の話かわからぬが、申せ」

新兵衛は今朝、日輪寺の門前に赤子が捨てられたことから話をした。捨てた親を捜し、それがおかねであったこと。そして、おかねが子を捨てなければ生きていけなくなったことなどをかいつまんで話した。

「みなまで話すことはないでしょうが、一度は妾として愛した女をそこまで不憫《ふびん》にさせることをどう思われますか？」

「どうといわれても、それはおかねの考えであったのであろう」

庄衛門は逃げるようにそっぽを向く。

「おかねが捨てた子はあなたの子でもあるのですよ」

「それはそうであろうが、どうしろと申すのだ」

「赤ん坊はおかねに返します。だが、乳飲み子を抱えたおかねに生計《たつき》のめどは立たない。そこで金二十両ほどを都合願いたい」

「なんだと」

庄衛門は目を剝《む》いた。

「まさかおかねを餌にしたたかりではあるまいな」

「たかっているつもりなど毛頭ありませぬよ。金はじかにおかねにお渡しいただけばよい。それで何もかも丸く収まるのではありませんか。養子に入り跡取りになった御身、へたに波風を立てられては迷惑であろう」

新兵衛は口辺に笑みを湛《たた》えた。

庄衛門は苦り切った顔で、目を左右に泳がしてうなった。

「わかった。……話を吞《の》もう。おかねの家を教えてくれ」

新兵衛はおかねの家をわかりやすく説明してやった。

「約束を違《たが》えてはなりませぬぞ」

新兵衛は一言釘《くぎ》を刺して、腰をあげた。

六

庄衛門は奥座敷で、畳の一点を凝視していた。膝《ひざ》に置いた手を握りしめ、奥歯をギリッと噛《か》む。ゆっくり顔をあげて、今度は宙の一点に目を据えた。

あの者は……曾路里新兵衛と申したな。勝手なことをいいおって。

いまになって無性に腹立たしくなった。おかねに金をやれとぬかした。たかが、料理屋の仲居だった女に、金をくれてやれとな。

ふざけおって……。

やつはただおかねをダシにして強請《ゆす》りに来たのだ。そうに決まっておる。

これからもおかねのことを種に、無心をしてくる腹なのかもしれぬ。おかねに子ができようができまいが、わしの知ったことではない。手切れの金はちゃんと渡したし、おかねもあれで納得をしたはずだ。

それをいまになって……。ええい、忌ま忌ましいことだ。

双眸《そうぼう》に炎を燃え立たせた庄衛門は、床の間の刀掛けにある刀をがっとつかむと、すっくと立ちあがった。そのまま乱暴に襖《ふすま》を引き開け、まっすぐ玄関に向かった。

「殿様、お出かけでございますか……」

中間《ちゅうげん》が慌てて駆けてきたが、

「すぐに戻る。かまわずともよい」

そういい放って屋敷を出た。

門を出ると、左右に目を向けた。やつはどっちに行った？

しばし考えた。おそらくさっきの話をおかねに告げに行ったに違いない。ならばこっちだと、庄衛門は北のほうへ足を向けた。

歩きながら、曾路里新兵衛というふざけた浪人の顔を脳裏に甦《よみがえ》らせた。うっすらと生えた無精ひげ、ぼさぼさの総髪。よれた小袖《こそで》によれた袴《はかま》。みすぼらしい貧乏浪人に、公儀に仕える旗本が脅されて、いいなりになってたまるか。

考えれば考えるほど、頭に血が上っていった。夜の帳《とばり》は濃くなっているが、庄衛門は提灯《ちょうちん》を提げていなかった。空には明るい月がある。星も満天にちりばめられている。明るい星月夜だ。夜目は利く。

御掃除町を抜け、新寺町のほうへと足を速めた。

新兵衛は歩くうちに喉《のど》の渇きを覚え、下谷大工屋敷《だいくやしき》という町屋に来たとき、都合よく升酒屋を見つけて飛び込んだ。立ち飲みをさせてくれるので、新兵衛のような呑兵衛《のんべえ》にはまことにありがたい店である。

一合の升になみなみと酒をついでもらうと、それを一息であけた。

「ぷはッ」

うまいとうなって、もう一杯所望した。それをほしてから店を出た。

急ぐことはないが、お加代に預けている鰹《かつお》が気になっていた。いつになく早起きをして買い求めた活《い》きのいい鰹である。たたきにして食べようと楽しみにしていたのだ。それが捨て子騒ぎで延び延びになり、ついには夜になってしまった。

鰹のたたきと酒……。

そのことが頭から離れない。しかし、その前におかねに会って、榊庄衛門と取り交わした約束の件を伝えておかなければならない。二十両あれば、おかねも心配することなく子育てができるはずだ。幼子ひとりであるから、倹約すれば二年は苦労せずに暮らせるだろう。

ただし、それは榊庄衛門が約束を守ってくれればの話であるが、新兵衛は何がなんでも守らせる腹づもりでいた。

三光院《さんこういん》とも呼ばれる宗延寺《そうえんじ》の裏道に入った。脇を流れる水路が小気味よい瀬音を立てている。背後に人の気配を感じたのはそのときだ。振り返ってたしかめようと思ったが、無用なことだと思いなおす。

さっき引っかけたばかりの酒が、ようやく体の芯《しん》にしみてくるのがわかった。こうなると早く腰を落ち着けて飲みたいという思いが募る。それに鰹のたたきがあるのだ。

背後の足音が近づいてきた。つづいて、刀を鞘走《さやばし》らせる音がかすかに耳に届いた。殺気を感じた新兵衛は、刀の柄《つか》に手をかけてゆっくり振り返った。

刹那《せつな》、闇を裂く白刃が襲いかかってきた。

ちーん。

とっさに抜いた刀で、相手の斬撃《ざんげき》を撥《は》ねあげて、飛びすさった。ざっと、地をする音がした。

「何やつ！」

新兵衛は身構えたまま誰何《すいか》したが、相手は間髪を容《い》れずに撃ち込んできた。明らかに新兵衛の息の根を止めようとする太刀筋であった。

新兵衛は逃げずに、相手の刀をすりあげた。

「うぬッ……」

鍔迫《つばぜ》り合う恰好《かっこう》になって、新兵衛に相手の顔をたしかめた。

「榊庄衛門……何故《なにゆえ》、かようなことを？」

「黙れッ。おぬしは質《たち》の悪い強請《ゆすり》に違いない。おかねは渡した手切れに納得して、去った女だ。すんだことを蒸し返しての強請であろう」

「勝手なことを。えいッ！」

新兵衛は庄衛門を押し返して、離れた。互いの間は三間になった。そのままにらみ合う恰好になった。

「見苦しいぞ榊庄衛門。貴殿はたしかに手切れの金を渡してはいる。おかねもそのときは納得したようだが、勤めていた店から追い払い、おかねの仕事を取りあげたのは貴殿の仕業。人のよいおかねはどうすることもできず、裏長屋に越さざるを得なかった」

「それはおかねの勝手である」

「そうであろうが、貴殿の勝手は棚にあげたままであるか。……だが、よかろう。こうなったからにはおれも黙ってはおらぬ。百歩譲っておかねの勝手だと認めよう」

「何をいいたい……」

庄衛門は新兵衛の腕がわかったのか、隙を探りながらも詰めてこられないでいる。

「貴殿は書院番の組頭《くみがしら》。いずれは徒頭《かちがしら》か小十人頭《こじゅうにんがしら》、あるいは使番に出世する身の上。さらに出世すれば三奉行にも手が届くであろう旗本」

「むむッ……」

「二十両の端金《はしたがね》で汚名をかぶり、その出世を台無しにしてもかまわぬのか。榊庄衛門、おれはしがない浪人者ではあるが、出方次第では貴殿の信用がひどく悪くなることになる。そうなれば望んでいる出世など叶《かな》わぬことになる」

「黙れッ！　きさまに何ができる」

「何もできないと思われるか……」

新兵衛はじっと庄衛門をにらみ据えた。

「人をあまく見ないほうがいい。身の安泰をはかるあまりに、身を滅ぼすということは世間にはよくあることだ」

「ほざけッ！」

喚《わめ》くなり庄衛門は撃ちかかってきた。だが、新兵衛は少しも慌てず、撃ち込んできた庄衛門の剣先を右に払うなり、柄頭を鳩尾《みぞおち》にたたき込んだ。

庄衛門が海老《えび》のように体を曲げると、新兵衛はすかさず背後にまわり込み、首に腕をまわし、その喉元《のどもと》に刀を突きつけた。

一瞬にして庄衛門の体が地蔵のように固まった。

「おれはいやしくも貴殿から強請ろうという考えは毛ほどもない。それを知ってか知らずか、闇討ちをかけて些細《ささい》な面倒を避けようとする貴殿の腹が気に食わぬ。このまま喉をかっ捌《さば》いてもよいのだ。死にたければ、そうしてやる」

「や、やめろ。……やめてくれ」

庄衛門は声をふるわせた。いまにも泣きそうな声であった。

「命が惜しいか」

「わたしが悪かった。許してくれ。いわれたようにする」

「まことだな」

「誓って約束は守る」

「さようか。ならば、おれを殺そうとしたその見返りを足してもらう。おかねに金三十両を渡すのだ。十両増えたところで、貴殿の懐がいたむとは思えぬ。呑《の》んでくれるな」

新兵衛はつかんでいる刀に、ぐっと力を入れた。庄衛門の皮膚に刃が食い込む。

「……わ、わかった。払う」

新兵衛が突き飛ばすと、庄衛門は地に両手をついて荒い息をし、ほっと、命拾いした顔をあげた。

「約定《やくじょう》を違《たが》えるな。金は明日、おれが取りにまいる。汚い手を使ったら、我が身が滅びると思え」

新兵衛はさっと刀を納めると、そのまま歩き去った。

七

「お加代さん、鰹はあるか」

とんぼ屋に飛び込むなり、新兵衛は訊《たず》ねた。

入れ込みにいた客たちが何事だと振り返った。

「ずいぶん遅かったじゃないの。それでどうなったの？」

奥の台所からお加代が駒下駄を鳴らして近づいてきた。

「見つかった」

「ほんと、それでその人は？」

お加代は丸くした目をきらきら輝かせた。

「それよりまずは酒だ。そして鰹はあるのか？」

「ちゃんと新兵衛さんの分だけ取ってあります」

「はあ、それはよかった」

心底安心して、運ばれてきた銚子《ちょうし》の酒に取りかかった。お加代は取り置きの鰹のたたきを差し出したが、それは三切れでしかなかった。新兵衛は、唖然《あぜん》とした。

「たった……これだけ」

眉尻《まゆじり》を下げた情けない顔でお加代を見ると、

「ごめんなさい。小振りの鰹だったけど、思いの外脂の乗りがよくてお客さんに出してしまったの。明日、わたしが代わりの鰹を仕入れますから、堪忍」

お加代は拝むように両手を合わせた。

「まあ、しかたない。いいだろう。それであの赤ん坊は元気なのだな」

「お菊さんが今夜だけは面倒見てくれるって家に連れて帰ったわ」

「そりゃ助かる。赤ん坊の名は、松吉《まつきち》という。母親はおかねという若い女だ」

「それじゃ、そのおかねさんは？」

「そろそろやってくるはずだ。いろいろとわけありでな。面倒をかけたが、あまり責めないでやってくれ」

新兵衛はそういって、おかねにどんな事情があったか、かいつまんで話してやった。

それから間もなくしておかねがやってきて、松吉を引き取り、涙ながらに自分の非を詫《わ》び、面倒を見てくれたみんなに深々と頭を下げた。

「もう、どんなことがあろうと、この子は絶対にわたしの手から放しません。きっと立派に育ててあげてみせます」

そう誓いもした。

翌日の昼過ぎ、新兵衛は再び榊家を訪ねた。おかねを同道させるかどうか考えたが、榊家の近くで待たせることに留《とど》めた。

新兵衛は昨夜と同じ奥座敷で、庄衛門と対座した。夜と違い、座敷からは庭を眺めることができた。

瑞々《みずみず》しい白い山梔子《くちなし》の花が、遠州《えんしゅう》風の庭園にこしらえられた池に映っている。

「話は手短に願おうか」

昨夜命乞《いのちご》いをしたくせに庄衛門は強気なことをいう。

「それは望むところだ。拙者は金子《きんす》を受け取ればよいだけのこと」

「まさかおかねに渡さず、自分の懐に入れてしまうのではあるまいな」

「疑《うたぐ》り深いお方だ。しかし、拙者には微塵《みじん》も卑しい心はありませぬぞ、殿様」

新兵衛はじっと庄衛門の目を見据えて言葉を足した。

「おかねを連れてきてもよかったのです。だが、そこは殿様の体面もございましょう。奥方の目に留まったら、揉《も》め事になり頭を悩まされては困ると思い、おかねと殿様の子種でもある松吉は近くで待たせてあります」

庄衛門の眉が上下した。

「松吉と申すのか」

「めでたい名です。きっと大きな男になるでしょう」

「ふむ、男の子であったか……」

深くため息をついた庄衛門は、懐に手を差し入れ、一度新兵衛を見た。新兵衛は表情ひとつ変えない。

カンと、鹿威《ししおど》しが小さく鳴った。同時に、庭にいた雀が一斉に羽ばたいた。

庄衛門は膝《ひざ》の前に半紙で包んだ金を差し出した。新兵衛はそれを眺めた。三十両の嵩《かさ》があるかたしかめるためである。間違いないようだ。手を伸ばしてつかんだ。重みも間違いない。そのまま懐にしまった。

「たしかに頂戴《ちょうだい》いたしました。これで、おかねが今後殿様に迷惑をかけることはござらぬでしょうが、ひとつお伺いします」

「なんなりと……」

「おかねに会われますか。拙者はあくまでもおかねの使いの者。疑り深い殿様のこと、まだ信用をされていないのではないかと推察しての伺い立てでございます」

「どこにいる？」

「ご案内つかまつりましょう」

新兵衛は先に腰をあげて、奥座敷を出ていった。遅れて庄衛門がついてきた。玄関から門まで歩く。清らかな鶯《うぐいす》の声が聞かれるが、あたりに不穏な空気がにじんでいるのを、新兵衛は敏感に感じ取っていた。

だが、そのことに気づいた素振りなど見せず、屋敷の表に出る。昼夜を問わず、武家地は町屋と違って静かである。人の姿もない。

先に歩く新兵衛のあとに庄衛門がつづく。ほどなく、隣家の屋敷塀の角から五人の侍が現れた。榊家の若党侍であろうが、新兵衛は恐れずに歩を進める。近づいてきた若党侍のひとりが、新兵衛の肩越しに目配せをしたのがわかった。

やはり、そうであったか……。

新兵衛は胸の内で吐き捨てた。

白昼の刃傷沙汰《にんじょうざた》も厭《いと》わぬというわけだ。

「曾路里新兵衛、おぬしの悪知恵もここまでだ」

背後にいる庄衛門が低い声を漏らしたと同時に、若党侍たちが刀をさらりと抜き放って、一斉に駆けてきた。

八

「馬鹿めッ！」

吐き捨てた新兵衛は腰の刀を引き抜きざまに、最初に撃ちかかってきた侍の刀を払うなり、柄頭《つかがしら》を顎《あご》にたたきつけた。

「うぎゃッ」

顎を打ち砕かれた侍は地に倒れてのたうちまわった。新兵衛はそれにはかまわず、つぎの若党侍の足を払い、横から撃ちかかってきたひとりの腕をつかむと、腰に乗せてどうと大地にたたき伏せた。

一瞬にして三人を倒した新兵衛は、刀を頭上でくるりとまわしながら反転すると、その切っ先をまっすぐ庄衛門に向けて、すすっと間合いを詰めた。

庄衛門は青ざめた顔で後ろに下がった。新兵衛はさらに間合いを詰める。庄衛門は刀の柄に手をやっているが、抜けないでいる。その頬に脂汗がつたっている。

「狭小な男よ。おれを斬れば、すべては丸く収まる。おかねがどんなことをいってこようがかまわずにおれば、何の問題もないと考えたか……」

そういったときには、新兵衛の刀の切っ先は、庄衛門の鼻先につけられていた。

「下がれ。それ以上近寄れば、おぬしらの殿様の命はない」

新兵衛が叱咤《しった》すると、若党侍たちの足が止まった。

「い、いわれたとおりにしろ」

庄衛門は青ざめた顔で、家来に命じた。新兵衛はその顔をまじまじと眺めた。

「どこまでも疑り深い殿様だ。これじゃ出世も叶《かな》うまい。だが、それは貴殿のことで、おれには関わりのないことである」

「き、斬るな」

庄衛門は恐怖におののき目を瞠《みは》っている。

「斬りたいさ。このままばっさり斬り捨ててやりたいほど、貴殿のことは気に食わぬ。だが、刀を汚すのも躊躇《ためら》われる。おかね！　どこにいる、出てまいれ」

新兵衛が呼ぶと、少し先の築地塀《ついじべい》の陰から松吉を抱いたおかねが姿を現した。

「抱かれているのが松吉だ。どうだ、これでおれのいうことに偽りがなかったとわかったであろう」

「……わ、わかった」

庄衛門はつばを呑《の》んで、うんうんとうなずいた。

「おかね、この殿様はえらいぞ。おまえの子育て料を気前よく払ってくださった。これでおまえの苦労も少なくなった。礼を申すことだ」

おかねは殊勝に頭を下げた。

それを見た新兵衛は、口辺にしてやったりという笑みを浮かべると、そのまま刀を下げて納刀した。榊家の若党侍たちは、どういうことだかわからないという顔をしている。

「それじゃ殿様、さらばでござる」

新兵衛はさっと背を向けると、おかねのもとに行って、

「さ、まいろう。三十両の子育て料をもらえば、おまえにも文句はなかろう」

と、乳飲み子を抱く母親をいたわるようにして歩いた。

「なんとお礼を申せばよいのでしょうか……」

「礼などいらぬ。松吉を立派に育てるのがおまえの務めだ。それにしても気持ちのよい日であるな」

新兵衛は大空をあおいで、両手を大きく広げた。


その日の暮れ方にとんぼ屋を訪ねた新兵衛は、満足のいく鰹《かつお》のたたきを賞味することができた。

「お加代さん、これは昨日のおれの鰹より上物ではないか」

「そう思いますか、だったらたんと召しあがれ……」

お加代がにっこり微笑むと、新兵衛は厚切りの刺身を箸《はし》でつまんだ。赤い身には脂が乗っている。表の身の焙《あぶ》り方も申し分ない。少し甘い醬油《しょうゆ》タレにおろし生姜《しょうが》を混ぜて、刺身につけた。それからゆっくり口に運ぶ。

「……うん、うん、うまい」

口中に薬味といっしょに鰹の甘みが広がっていった。新兵衛はこのうえない幸せそうな顔で酒を飲んだ。

酔眼の剣

一

枇杷《びわ》の大きな葉が降りやんだ雨に濡《ぬ》れていた。黄色く変じた実は食べごろを迎えている。新兵衛はひとつをもぎ取り、薄い皮を剝《む》いて口のなかに入れた。もぐもぐと口のなかでやりながら、大きな種をより分けて、ぷっと吐き出した。

「枇杷はうまい」

新兵衛は独り言をいって、奥山裏の田圃道《たんぼみち》を歩いていた。

半月が浮かんでいる。手にした提灯《ちょうちん》が、水田に映り込んでいた。

例によって微酔《ほろよ》いである。雨宿りに入った馬道《うまみち》にある泥鰌屋《どじょうや》で引っかけて、そのまま酔い醒《ざ》ましに奥山をまわり込んで歩いているのだった。

雨あがりの湿った風が微酔いの体に心地よかった。乾いていた地面も足裏にやわらかくて歩きやすい。それにいい心持ちで、体がいつになく軽い。

こんなときでなければ……。

ふと胸の内でつぶやいた新兵衛は足を止めると、さっと刀を抜いた。

剣先を夜空に浮かぶ半月に向け、ゆっくり下げてゆく。やがて、その太刀はゆらゆらと陽炎《かげろう》のように揺らめく。

新兵衛の酔った目が妖《あや》しげな光を帯び、細められた。

酔眼。

なぜか精神の統一がいつになくはかられ、ひとつのことに集中できる力が体の内からみなぎってくる。さっと、刀を袈裟《けさ》懸けに振り下ろし、逆袈裟に振りあげた。足の運びと腰の入れ方で、太刀筋がきれいに決まる。

何故《なにゆえ》に、かようなことが身についたのかと、自分でもわからない。不思議である。しかし、それがすっかり自分のものになっているのを、ひしひしと感じていた。素面《しらふ》でいるときよりも、酔っているときのほうが技が冴《さ》えるのだ。

新兵衛は自分の身のこなしを疑うように、すうっと目を細めた。

……酔眼の剣。

自分でそう名づけていた。

闇を吸い取り月光を弾《はじ》く剣を上から下へ、さらにそれを左右に揺らめかせた。対戦者がいれば、おそらく隙だらけに見えるだろう。

だが、違う。

そこには微塵《みじん》の隙もないのだ。酔眼の剣は妙技である。覚束ない動きはあくまで妖しげでありながら柔軟に動く。剣先は波を描くように横に動き、また龍《りゅう》が身をよじらせて天に昇るように縦に動く。その太刀を払おうとすれば、蔦《つた》がからまるように太刀を重ねられるか、搦《から》めとられるのである。

ふっと、息を吐いた新兵衛はゆっくり刀を鞘《さや》に戻した。

欠点があるとすれば、それはただひとつ。

……長い戦いは困難であろう。

と、いうことだった。

微酔いであっても、体力は長くつづかない。持久戦に備えるなら、酒を抜き体調を整えなければならない。だが、この時世にそんなことが果たして必要であろうか。合戦があるわけではなし、自分の身を守るだけでよいのではないか。

——それは、呑兵衛《のんべえ》のいいわけか……。

胸中でつぶやいた新兵衛は自嘲《じちょう》の笑みを浮かべて、自宅長屋に向かった。周囲に蛙の声があるが、昼間ほどではない。

ゲコゲコ……ゲコ……。

蛙の寝言かもしれない。いやいや、蛙は酒を飲めないのだ。下戸、下戸と鳴くから。

酔っぱらいはくだらないことを考える。新兵衛はまた苦笑した。

田圃道を抜け、浅草新寺町の通りに入った。町屋の明かりがある。ぽつぽつと赤い提灯に、白い軒行灯《のきあんどん》。しかし、それは淋《さび》しい通りであるから多くない。まるで置き忘れられた明かりにしか見えない。

もう一杯どこかで引っかけて帰るか、酒にだらしのない呑兵衛の悪い癖だ。どこがいいかと物色する。入る店を選ぶのはわけもない。目移りするほどの店はないのだから、どこでもいいのだ。いやいや、やはりとんぼ屋にしようと新兵衛は心に決めた。

お加代をからかいに行こう。少なくとも話し相手にはなる。

「それにしても……」

と、新兵衛はつぶやきを漏らした。なぜ、お加代は自分に親切なのだ。好いた惚《ほ》れたの仲でもないのに……。

わからぬと首を振ったときだった。眼前に蝙蝠《こうもり》のような黒い影が現れたかと思うと、新兵衛の脇を鼬《いたち》のようにすり抜けていく者があった。

スッ――。

新兵衛の袖《そで》が断ち切られていた。

肝を冷やし、一瞬、酔いの醒《さ》める思いがした。とっさに振り返ると同時に相手は、鋭い突きを見舞ってきた。新兵衛は紙一重のところで、背後によろけて誓願寺《せいがんじ》の石垣に背中を預けた。

「何やつッ……」

声を発して刀を抜いた。

闇に身を溶け込ませる相手は、異様な殺気を漂わせ、無言で間合いを詰めてくる。

新兵衛の背中に冷たい汗が流れた。脇の下が冷たくなる。これはただ者ではない。

さっと、刀が袈裟懸けに振り下ろされた。新兵衛は石垣を伝うように横に回転して逃げた。さらにつぎの殺人剣が襲いかかってくる。背後の石垣を片足で蹴《け》って前に跳んだ。踏ん張ることができず、無様に転んでしまった。

覆いかぶさるように襲いかかってくる相手の目が、きらっと光った。転瞬、新兵衛は跳ねるように立ちあがって、半身をひねってかわした。気力を振り絞っての動きだったが、息があがった。

「うぬ……」

相手は思いどおりにいかないのか、焦《じ》れたようにうなった。

新兵衛は三間の間合いを取って、ようやく一息つくことができた。肩を大きく動かして息を吸う。かっと見開いていた目を、胡乱《うろん》に細め、相手の出方を窺《うかが》う。

刀をだらりと下方に下げ、左右に動かすと、相手の足が止まった。撃ち込めなくなったのだ。

新兵衛はふらっと足を動かした。上体が揺れる。そのまま静かに間合いを詰める。

「何者だ？」

誰何《すいか》したが、相手は答えない。代わりにすくいあげるように、撃ち込んできた。

新兵衛はその刀をすりあげて、横薙《よこな》ぎに刀を振った。

見事にかわされたが、相手は大きく下がった。新兵衛が一歩踏み出すと、また下がり、そのままくるっと背を向けて走り去った。新兵衛は闇のなかに吸い込まれるように消えてゆくその影を、いつまでも見送っていた。

二

伝七は居間の柱にもたれ、自分の肩を十手でトントンとたたいていた。視線はさっきから女房のおきんの尻《しり》にある。

おきんは店先に座ったまま煎餅《せんべい》を齧《かじ》っては、茶を飲んでいた。

「おめえはそうだから、ぶくぶく太っちまうんだ。なんだそのでけえケツは……」

「なにさ、痩《や》せたくても太っちまうんだよ。あたしゃ最近わかったよ」

おきんは大きな尻をもぞもぞ動かして、伝七に顔を向けた。

「何がわかったっていうんだ」

「水飲んでも空気吸っても太るってことよ」

「けッ。それだったらみんな太っちまうじゃねえか。そんなことあるか」

「あたしゃそんなことあるの」

おきんはわざと大口を開けて、バリッと煎餅を齧った。額に貼りつけていた頭痛《ずつう》膏《こう》が剝《は》がれそうになった。

「まったく色気も何にもねえ女になりやがって」

伝七は吐き捨てて、そっぽを向いた。店のなかにとんぼが迷い込んできて、あちこちを飛びまわって出ていった。

客がやってきて、煙草を求めていた。おきんはその客と天気の話をしたり、近所の誰それがもうすぐ嫁に行くらしいなどとくっちゃべっていた。

そんなことを聞くともなしに聞きながら、伝七はさっきからあることを考えていたが、堂々めぐりである。

「おきん、出かけてくらァ」

やおら腰をあげた伝七は、おきんにそう告げて家を出た。

昨日の雨で濡《ぬ》れた地面はすっかり乾いていた。青い空に白い雲が点々と散らばっている。だが、伝七の目にはそんな景色など何も入ってこなかった。脳裏に浮かぶのは、昨日の夕暮れに見かけた男だった。

蛇《くちなわ》の重蔵《じゅうぞう》。

どこの盗賊一味にも属さず、そのときどきによって大盗賊に加担する盗人《ぬすっと》だった。じつは、伝七は重蔵の教えを受けたことがある。

もう昔のことであるが、伝七も盗人だったのだ。もっともこそ泥ではあったが。町を預かる岡っ引きになったのは、北町奉行所の定町廻《じょうまちまわ》り同心、岡部久兵衛に縄を打たれたのがきっかけだった。

そのとき盗んだのは、女物の晴れ着一揃《ひとそろ》いだった。盗み入った家に金目のものは、それぐらいしかなかったのである。久兵衛にさんざん脅され、説教されたあとで、その家が新婚間もない夫婦の家だったのがわかった。

「これが初めてで、魔が差しただけというのなら目こぼしをしてやる」

捕まった伝七は嘘泣きをして、さんざん地べたに額をこすりつけて平謝りに謝った。そのことが功を奏して、運良く目こぼしを受けたのだ。

しかし、久兵衛は手先としてはたらくように命じた。もちろん、拒むことはできなかった。拒めば目こぼしは撤回されて、そのまま牢《ろう》送りになるのがわかっていたからだ。

以来、伝七は久兵衛のもとではたらくことになったが、だんだん久兵衛という人間に惚れ込んでゆき、そのうちすっかり改心した。

「旦那《だんな》、あっしは嘘をついていやした。旦那に捕まったとき、これが最初だと申しやしたが、ほんとは十本の指が折れるほど盗みをやっていたんです」

正直に打ち明けたことがある。

「そんなのは端《はな》からわかっていたさ。だが、おめえの目を見て、こいつは根っからの悪党じゃないと思ったから、目こぼしをして使ってみることにしたのだ」

久兵衛にあっさりと、そういわれたとき、伝七は感激してめったに見せることのない涙を流した。

「旦那、あっしゃ二度と人の道から外れたことはやりません。旦那のもとで一所懸命務めさせてもらいやす」

伝七は久兵衛に誓うようにいったのだった。

以来、言葉どおりに務め、ついに浅草田原町界隈《かいわい》を預かる岡っ引きになった。おきんと一緒になったのもそのころだった。

「おじさん」

ふいの声で伝七は我に返った。小さな子供がそばに立って、風車を楽しそうにまわしながら見あげていた。

「どうした小僧」

「おじさん吹いておくれ」

伝七は子供の差し出す風車を受け取って、思い切り吹いてやった。風車は音を立てて勢いよくまわった。

「やっぱりおじさんはすごいや」

子供は無邪気に笑った。

伝七は風車を返すと、子供の頭を撫《な》でて町中を流し歩いた。

やはり、昨日見かけた蛇の重蔵の顔が脳裏にちらつく。あの男がこの町に姿を現したということは、何か大きな盗みがあるからに違いない。できれば、そのことを未然に防ぎ、盗賊一味を押さえたい。

伝七には大きな手柄を立てたいという欲があった。それが面倒を見てくれた岡部久兵衛に対する大きな恩返しであると思うのだ。

それにしても、重蔵は老けていた。昔のように流《なが》れ盗《づと》めをやっているかどうかはわからない。堅気に戻っているのかもしれない。とにかくそのことを、たしかめたかった。

その日、浅草界隈の大店《おおだな》の近くを中心に歩いた。賊が狙うとすれば、小さな店ではない。間口の大きな繁盛店に決まっている。

呉服屋、米問屋、茶問屋、紙問屋、菓子屋、小間物問屋などと、日本橋界隈にある大店に引けをとらない商家がある。

もし、重蔵が盗賊一味に加担しているのであれば、必ず動きがあるはずだった。

それに、もとこそ泥の勘で、盗人の見分けは何となくつく。

その日、浅草広小路、雷神門前広小路、花川戸などと流し歩いたが、無駄に刻《とき》が過ぎるだけで、重蔵や盗人仲間と思われる人間に出会うことはなかった。

気づいたときには、日は大きく傾き、町屋の屋根が西日に包まれていた。伝七は気晴らしに奥山に足を向けた。

茶店や小見世が並んでいる奥山は、相変わらずのにぎわいである。

飴細工屋《あめざいくや》にからくり屋、子供狂言に蝦蟇《がま》の油売り、軽業で金を取る大道芸人のそばに蟹娘《かにむすめ》という見世物小屋がある。芝居小屋の前にずらりと立てられている幟《のぼり》が、夕日に赤く染まってはためいていた。

伝七がはっと足を止めたのは、楊枝《ようじ》店の近くにある一軒の茶店の前だった。葦簀《よしず》のそばにある縁台に腰掛けた重蔵が、茶を飲んでいたのだ。

伝七は胸を高鳴らせて、重蔵の顔をよくよく盗み見た。日に焼けた顔にはしわが増えていた。髷《まげ》にも霜が交じっている。しかし、太い眉《まゆ》と吊り上がった大きな目、そして分厚い唇は重蔵にほかならなかった。

もう何年ぶりだろうか……。

伝七は頭のなかで算盤《そろばん》を弾《はじ》いた。おそらく二十年はたっているはずだ。すると重蔵は還暦間近ということになる。そのわりには年より若く見える。

まじまじと重蔵を盗み見ているうちに、ある女の顔が脳裏に甦《よみがえ》った。

おけい……。伝七と懇ろの仲だった水茶屋の女だ。

いずれいっしょになろうと誓い合ってもいた。だが、伝七の目を盗んでおけいを手込めにした男がいた。よりにもよって、それが重蔵だったのだ。

それまで重蔵のことを師匠と敬っていたが、いちどきに気持ちが冷めた。冷めたばかりではない。重蔵を殺したいほど憎んだ。おけいは重蔵に無理矢理犯されたことで、自害して果てた。

——おけい、何でこんな馬鹿げたことをしやがったんだ。

手首を切ったおけいに気づいたときはもう手遅れだった。伝七は虫の息になっているおけいを抱きしめた。畳は血の海になっており、おけいの顔は紙のように白くなっていた。

——あ、あんた……あいつ……。

死の間際におけいは、唇をふるわせて声を漏らした。

——あいつって誰のことだ？

――重蔵に犯されちまった。あんたがいるっていうのに……あいつ、あたしを手込めに……あたしゃ……。

おけいの両目から朝露のような涙がこぼれていた。その涙が、最期だった。それきりおけいは息をすることがなかった。

伝七はおけいの敵《かたき》を討とうと思った。盗人の重蔵は、間男《まおとこ》するは生き盗人でもあったのだ。そんなやつを放っておくことはできなかった。だが、おけいが自害した明くる日から、重蔵は行方をくらました。

以来、伝七は重蔵に会うことはなく、歳月がたつうちに、恨みも薄れていた。ところがその重蔵を、思わぬところで見つけたのだ。伝七はうまそうに茶を飲む重蔵の横顔に、射るような視線を注ぎつづけていた。

ここで声をかければどうなる。いや、様子を見るのだ。まずは重蔵の住まいを突き止めるべきだろう。岡っ引きの仕事が板についている伝七は腹を決めた。

ほどなくして重蔵は茶店を離れた。伝七は気取《けど》られないようにあとを尾《つ》けた。

三

「旬《しゅん》には早いするめ烏賊《いか》。だが、この曾路里新兵衛の手にかかっては、旬でなくても旬の味にして進ぜよう」

機嫌よく独り言をいう新兵衛は、井戸端でするめ烏賊を洗っていた。洗い終わると、はらわたを指で抜き、足と胴体を離す。抜いたはらわたは大事だから、そっと脇に置く。ひも付きの墨袋はいらないから、その辺に放ってしまう。

ここでぱっぱっと塩を振りかける。撫でるようにして烏賊の身をこねる。これでぬめりが取れるので、薄皮を慎重に、そりゃ慎重に剝《は》がしてゆく。うまく取れないので、胴体の下を切り落とす。すると、するすると皮が剝がれる。

「新兵衛さん、何やってんです？」

同じ長屋の大工が声をかけてきた。

「見ればわかるだろう。烏賊だよ」

「へえそりゃわかりますが、刺身で食うんじゃないんですか」

「塩辛を作るんだ。安《やす》さんが、買ってきたのをわけてくれたのだ。ありがたいことだ。うまく出来たらおまえにも食わせてやろう」

「へへ、そりゃありがたいこって……」

新兵衛は吸盤をゴシゴシ洗って、はらわたをもう一度大事そうに水で流して洗った。つぎに胴を縦に切り裂き、透明の骨のような殻を取り除く。

晒《さらし》で胴の水気を取り、適当に切ってゆく。これでほぼ出来たようなものだが、これからが大事な工程だった。

大きな丼《どんぶり》にはらわたの中身を搾り出して、切り身にした烏賊を混ぜる。塩を混ぜる。塩加減は目分量だが、初めて作るのではないから勘でわかる。

あとは日に何度かかき混ぜれば、自《おの》ずと食べごろになる。七味や柚《ゆず》や胡椒《こしょう》を入れたこともあるが、やはり塩加減を大切にして作ったのが一番である。少々の酒と味《み》醂《りん》を足しはするが、単純なほうが烏賊本来の味が生きると新兵衛は信じている。

家に戻って作りたての塩辛を眺める。

うまそうである。ちょいとつまんでみることにした。まだ味はなじんでいないが、それでもうまいと思う。自分で作ったものに文句はいえないし、おれもたいしたものだと勝手に悦に入り、酒をちびりと飲んだ。

独り長屋で飲む酒も乙である。肴《さかな》は少々あればよいし、隣近所の話に聞き耳を立てていれば面白い話が聞ける。

なにせ隣とは薄壁一枚だから、声は筒抜け同然である。戸口も開け放してあるので、あちこちの泣き声や笑い声や怒鳴り声が聞こえる。

長屋は騒々しいが平和である。改易《かいえき》になったときは悲嘆に暮れたりもしたが、もうとっくの昔の話。いまはすっかりこの暮らしが気に入っていた。

「それにしても、うまいな……」

作りたての塩辛を勝手に評すると、ついでだと小皿にちょいと盛りつけた。少しぐらい減ってもかまうことはない。

うん、うまいうまいとうなずきながら酒を飲む。こんなときに無上の喜びを感じるのはなぜだと、行灯《あんどん》から流れる魚油の煙を払う。払いながら昨夜闇討ちをかけてきた男のことを考えた。

恨みを買っている覚えはないが、勝手に恨みを抱いている者がいるはずだ。その筆頭は河内屋だろうと新兵衛は推量していた。しかし、その証拠はない。

もう一度同じことがあれば、今度は取り押さえる腹づもりである。

……たんなる辻斬《つじぎ》りだったとは思えぬ。

心中でつぶやいた新兵衛は、醒《さ》めた顔になって宙の一点に目を据えた。


そのころ伝七は、浅草聖天《しょうでん》横町《よこちょう》にある一軒の小間物屋を見張っていた。いるのははす向かいにある居酒屋の入れ込みだった。櫺子《れんじ》格子の向こうにその小間物屋が見える。

蛇の重蔵が入った店だ。単に知り合いの店なのか、盗賊一味が隠れ宿にしている店なのかわからない。暖簾《のれん》が下げられたのは、重蔵が店に入ってすぐのことだった。

しかし、その時分に他の店も暖簾を仕舞いはじめていたので、不自然なことではなかった。暖簾を下げたのは手代らしき男だった。試しにその小間物屋のことを付近で聞いてみた。

「井筒屋《いづつや》さんでしたら、もうずいぶん長く商売なさっていますよ」

答えたのは酢《す》醤油《じょうゆ》屋《や》の亭主だった。

「それじゃ主《あるじ》はずっと以前からやってるんだな」

「へえ、もう長い付き合いですよ」

「新しい奉公人が入ったことはねえか」

「井筒屋さんは身内でやってらっしゃいますので、奉公人の出入りはありませんで」

井筒屋の主は勘兵衛《かんべえ》、女房がお茂《しげ》、嫁をもらったばかりの倅《せがれ》が清吉《せいきち》、そしてその若女房がお育《いく》といった。

つまり暖簾を下げた手代のような男は、跡取りの清吉だったのだ。伝七は酢醤油屋の主に、聞き込みをかけたことを黙っているように釘《くぎ》を刺していた。

見張りをしている居酒屋は、酔った客が増えてきてうるさくなった。だが、伝七はそんな声には耳も貸さず、ただじっと井筒屋に目を注ぎつづけている。戸締まりをした井筒屋はひっそり静まっている。賊がからんでいるなら、その仲間が訪ねてくるはずだ。だが、そんな者は誰もいなかった。

すでに宵五つ（午後八時）になろうとしていた。それからまた半刻《はんとき》がたち、さらに半刻がたった。井筒屋に不審な動きはない。

重蔵は流《なが》れ盗《づと》めが目的で来たのではないのか……。井筒屋には昔から何か縁があったのかもしれない。盗人《ぬすっと》は、普段、自分の正体は仲間内以外には見せない。親切を施したり、力になってやるときもある。相手はそこに悪い企てがあるとも知らずに、盗人を信用することがままある。

それに重蔵は巧妙だ。筋金入りの盗人だから、人を欺くのはいとも簡単だろう。

今夜はここまでにしておこうか……。

伝七は見張りを打ち切ろうとしたが、もう少しだと自分にいい聞かせてあと半刻粘ることにした。だが、結局は何も起こらなかった。店の者もさして飲み食いもせずに、ただ長居をしている伝七にいやな目を向けてくる。居心地が悪くなった伝七は、退散することにした。

表に出ると、心なし風が冷たくなっていた。ぶるっと肩を揺すった伝七は、吐息を夜風に流して歩き出した。

おけいの敵を討つために、こっそり重蔵に近づき、隙を見て土手っ腹に短刀を突き刺してやろうかと思いもしたが、それでは安直である。それに、自分の手を汚すことはないと、伝七は考えていた。

自分は悪党を成敗するために十手を預かっている。これを生かすべきだ。それが世話になっている岡部久兵衛に対する義理でもある。無闇に意趣返しをすれば、岡部久兵衛の顔に泥を塗ることになるかもしれない。そんなことはできない。

おれは足を洗ってまっとうに生きている。だったら、まっとうな手を使って、重蔵を押さえる。それが引いてはおけいへの供養になると考えていた。

人通りはすっかり絶えていた。満天に星が散らばっている。一度井筒屋を振り返ったが、やはり変わったことはない。もう少し歩いてまた振り返った。

蛇の重蔵はどうしてあの店にいるのだ。何度考えても答えの出ないことを、胸の内で繰り返した。そのときだった。伝七の目がかっと見開かれた。とっさに近くの商家の軒先に身をひそめた。

ひとりの男が井筒屋を訪ねたのだ。小袖《こそで》を着流した男である。表戸が開くと、男はまわりを気にするように見てから、店のなかに入った。戸はすぐに、すっと閉まった。

やはり、何かあるのだ。伝七は人の侵入を拒むように閉められた井筒屋の戸を見つめつづけた。

四

「あんた、起きて。ほれ、いつまで寝てんだよ」

伝七は女房のおきんに体を揺さぶられた。だが、疲れた体はもっと寝たがっている。起きるのをいやがってうつぶせになる。

「起きなってば、ほら」

尻《しり》を足で蹴《け》られた。

「いてッ。亭主になんてことしやがんだ」

片目を開けてにらむと、

「ひょっとこ出っ歯の金吾が来てんだよ。急ぎの用事があるんだってさ」

と、おきんは吐き捨てるようにいって店先に戻った。

「なんだい、こんな朝っぱらから……」

伝七は体を起こしてあぐらをかくと、大口を開けてあくびをした。雨戸から漏れ射す光がまぶしい。すっかり夜が明けているようだ。のそりと起き出して、店先に行くと上がり框《がまち》にいた金吾が立ちあがった。

「親分、出っ歯のひょっとこがお迎えにあがりました」

苦々しい顔で、おきんの背中を見てからいった。

「何だこんな早くに……」

「早くって、もう五つ（午前八時）を過ぎてますよ」

「もうそんなになるか。それで何だ？」

伝七は煙管《キセル》をつかんだ。

「岡部の旦那《だんな》がこの先の茶店でお待ちなんです」

「旦那が……」

伝七はつかんだ煙管を戻した。

「何でも親分に頼みたいことがあるそうなんで……」

「それならすぐ行かなきゃならねえな。お、すぐ着替えるから待ってな」

着替えるといっても、着物を羽織って帯を締め、尻端折《しりはしよ》りするだけだ。

岡部久兵衛はいつも連れて歩く小者の文吉《ぶんきち》といっしょに、茶店の縁台で茶を飲んでいた。

伝七を見ると、にやりと笑みを浮かべ、

「早くに呼び立てして申し訳ないな」

といった。剃《そ》り立ての月代《さかやき》が青々としている。そばに行くと、鬢《びん》付けのいい匂いがした。

「何でございましょう」

伝七は賊の情報がもう入っているのではないかと思った。

「ほかでもない。ときどきおまえの加勢をするという、曾路里という男に会いたいのだ。呼んできてくれぬか」

「それだけで……」

伝七は用心深そうな目を久兵衛に向けた。

「うむ。つまらぬことだが頼む」

「それなら早速に……」

伝七は新兵衛の長屋に向かった。歩きながら、昨日、蛇の重蔵に会ったことや、井筒屋にあやしい動きがあることを告げようかどうしようか迷った。

だが、重蔵たちに悪だくみがあるのかどうかわからない。それに昨夜遅く井筒屋に入った男も、盗賊の一味だと決めつけられない。偽の情報を与えれば、手を煩わせるだけで迷惑をかけることになる。

いずれたしかめなければならないが、いざとなったら新兵衛さんに頼めばいい。もし、自分たちの手で賊を封じ込めることができたら、岡部の旦那に少しの恩返しになる。それに新兵衛さんはどうせ手柄を譲ってくれるとわかっている。こりゃあ、腕まくりしていっちょう頑張ってみるかと、伝七は心を奮い立たせた。

新兵衛は昨日作った烏賊《いか》の塩辛をかき混ぜて、朝酒を一杯あおったところだった。

「くッ、たまらぬ」

腰高障子を開け放しているので、土間に明るい日が射し込んでいる。出職の職人たちが出払ったあとなので、長屋は静かだ。井戸端のほうから、口さがないおかみ連中の下卑た笑い声がするぐらいである。

「さて、今日は何をするか……」

闇討ちをかけてきた男のことが気になっていたが、捜しようがない。おもむろに煙管を吹かして、片肘《かたひじ》を膝《ひざ》にのせて考える。そこへ、ひょっこり伝七が顔を現した。

「おはようございやす」

「ああ、どうした？」

新兵衛は灰吹きに赤い火玉を落とした。水が張ってあるので、ちゅんと音がした。

「岡部の旦那が新兵衛さんに会いたいといってるんです」

「おれは会わぬといってるだろう。適当な口実をつけておけ」

「それができないんです。茶店でお待ちなんですよ」

「そばにいるのか……」

「すぐそこです。どうしても会いたいようなんですよ。一度会っておいてもいいんじゃありませんか。別に悪いことしてるわけじゃねえんですから、挨拶《あいさつ》だけしておけば、旦那も気がすむと思うんです」

「……ふむ、そうだな。逃げてばかりじゃしかたがないか。よし、わかった」

新兵衛はもう一口酒をあおってから伝七の案内で、久兵衛の待つ茶店に行った。

「そのほうがそうであったか……」

顔を合わせるなり、久兵衛はしげしげと新兵衛を眺めた。

「いつも伝七が世話になっているそうだが、恩に着る。こんな表で話もできまい。店のなかに移ろう」

久兵衛は茶店のなかに新兵衛をいざなった。土間の床几《しょうぎ》に腰掛けて向かい合う。久兵衛は四十半ばの男だ。額のしわが深い。

「酒を飲んでいるのか……」

久兵衛は腰を据えてからいった。

「いつもこの体《てい》たらく。酔いどれて候です」

新兵衛はわざとおちゃらけたようにいった。

「飲みすぎはいかぬぞ。それにしても、何かと世話になっている。伝七からあれこれ話を聞いていたので、一度会いたいと思っていたのだ。先日は菅田市右衛門殺害の一件でも世話になった。あらためて礼を申す」

久兵衛は小さく頭を下げた。

「いや、そんな礼をいわれるほどのことはしておりません。伝七のはたらきがめざましいんでございますよ」

「……そうであるか」

久兵衛はじっと新兵衛の目を見つめた。

何もかも見抜かれていると新兵衛は感じた。そうとは知らない伝七は、褒められたことに気をよくしているのか、にやついている。

「これからも何かと世話になると思うが、伝七の面倒を見てやってくれ」

「いやいや、面倒を見てもらっているのは拙者のほうです。なにしろ見てのとおりの貧乏浪人でございますから……」

ハハハと、新兵衛は自嘲《じちょう》の笑いを漏らした。

「今日は会えてよかった。いずれあらためてゆっくり話をしようではないか。これはわしからの気持ちである」

久兵衛は懐紙に包んだ金を差し出した。

「いや、受け取るわけにはまいりません。拙者は岡部さんに何もしていないのですから」

「酒手だ。出した手前引っ込めるわけにはまいらぬ。遠慮はいらぬ」

強引に渡されたので、新兵衛は恐縮した。

「しからば遠慮なく」

「うむ。呼び出して悪かった」

久兵衛はそのまま小者の文吉を連れて茶店を出ていった。

「ほら新兵衛さん、なんてことなかったでしょう」

伝七がそばにやってきて嬉《うれ》しそうに破顔した。

「……やり手の同心のようだな」

新兵衛はそう応じて、店の小女を呼んだ。

「酒をくれるか」

五

さっきの茶店から、へっつい横町にある蕎麦屋《そばや》に移った新兵衛は、伝七から話を聞いていた。目の前には当然銚子《ちょうし》が置かれている。肴《さかな》は貝の佃煮《つくだに》。格子窓から畳に木漏れ日が射している。

「すると、まだ盗人《ぬすっと》だと決めつけるわけにはまいらぬな」

新兵衛はひととおり話を聞いてから酒をつぎ足した。

「ですが蛇の重蔵が姿を見せたってことは、何かあると思ったほうがいいんです」

「そやつはどんな盗人なのだ？」

「仲間を作らない流《なが》れ盗《づと》めを専門にしている男です。てめえで目をつけたところが決まれば、知り合いの賊一味に話をつけてつるんで押し入るんです。もうずいぶん昔のことですが、あっしは蛇の重蔵の教えを受けているんです」

「おまえが……」

「あっしがどうやって岡っ引きになったかは話してあるでしょう」

「それは聞いているが、蛇の重蔵のことは初めてだ」

「教えてもらったのは、閂《かんぬき》の外し方や音を立てずに雨戸や襖《ふすま》を開けることです」

釘《くぎ》一本あれば、大方の閂は外せるそうだ。音を立てずに雨戸や襖を開けるときには、菜種油《なたね》でも魚油でもいいから、とにかく油を使うのだと、伝七は説明する。

「ですが、一番ためになったのは、家に入ったとき、どこに金目のものがあるか見極められる目です。あっしはなかなかうまくできませんでしたが、重蔵の目は狂いがないんです。ここだと思ったところに手を伸ばすと、必ずそこに金目のものがあるんです。重蔵は勘だといいます、そして、あっしにもその勘を磨けといいました」

「だが、おまえはその前にしくじった」

「それをいわれちゃかないませんが……」

伝七は恥ずかしそうに頭をかいた。

「だが、しくじりはおまえにとって怪我の功名だったというわけだ。それで重蔵のことだが、あくどいことをやるやつなのか……」

「きれいな盗みです。人を殺《あや》めたり、女を犯したりはしません。ですが、つるんでいる賊はわかりません。もし、つるんでいるやつがそんなことをしても、重蔵は黙っているだけです」

「見て見ぬふりをして、いただけるものだけいただく、そういうわけか……」

「あの野郎、いただけるものを……」

伝七が急に悔しそうに唇を噛《か》んだので、新兵衛は眉《まゆ》をひそめた。伝七はどこか遠くを見て、拳《こぶし》まで固く握りしめた。

「伝七、ひょっとするとおまえ、その重蔵に何か思うところがあるのでは……」

伝七の顔が新兵衛に向けられた。何かをいいかけて躊躇《ためら》い、小さく首を振って、ちくしょうとつぶやきを漏らす。

「いかがした？　おれにも明かすことのできないことでもあるのか」

うつむいていた伝七が顔をあげた。

「あの野郎は、押し入った先で女を犯したりはしませんが、他のところでは話は別ということです」

「…………」

新兵衛は怪訝《けげん》そうに目を細めた。

「いっちまいやすが、昔いっしょになろうと誓い合っていたあっしの女を、あの野郎、手込めにしやがったんです。おけいという可愛い女でした。ですが、重蔵に犯されたことで、おけいは剃刀《かみそり》で手首を切って……それで……」

伝七はむなしそうに首を振った。目の縁に涙を浮かべもする。

「それじゃ、重蔵はおまえの女の敵《かたき》ではないか」

「昔のことですが、あのことはいまでも忘れることができません」

「おけいが死んだあと、重蔵には会わなかったのか？」

「会ってません。あの野郎、おけいをものにしてそのまま姿をくらましたんです」

伝七は深いため息をついた。

「因縁のある男というわけだな。だが、おまえはいまでも重蔵のことを恨んでいるのではないか……」

「そりゃ恨みがないといえば嘘になりやす。ですが、月日がたつうちにその気持ちも薄れております。それに、あっしはいまは町方の旦那《だんな》に仕える身。いまさら昔の女のことで刃傷沙汰《にんじょうざた》を起こしたくはありません。そんなことをしたら岡部の旦那に面倒をかけることになりやす」

　そういう伝七を、新兵衛は長々と見つめた。

「……感心だ伝七。おまえはさぞ悔しかろうが、よくぞそこまで考えることができた。それが人の生きる道であると、おれも同感である。えらいぞ」

　新兵衛の率直な気持ちだった。

　そしてこのとき、伝七のために ひと肌脱ごうと心に決めた。

「褒められると照れますが、こんなところで話していても埒《らち》が明きません。井筒屋を見張って、企《たくら》みがあるかどうかだけでも調べてえんですよ」

「おまえの思い違いということもある」

「そうじゃなかったら、どうします。狙われている店か屋敷に、血の雨が降るかもしれないいんですぜ」

「血の雨か……どうせだったら酒の雨がよいが……」

「冗談いってる場合じゃないですよ」

　新兵衛は酒を舐《な》めてしばらく考えた。

　たしかに伝七の話をないがしろにはできない。何もなければよいが、とにかくたしかめるべきであろうと思う。また、自分を襲った男も捜さなければならない。もっともこっちは先に、河内屋を責めるという手もあるが、まずは伝七に付き合うことにした。

「よし伝七、様子を見に行ってみるか」

「そうこなくっちゃ」


井筒屋の見張りと、近所での聞き込みでわかったことがあった。

井筒屋の跡取りになる長男の清吉の嫁のことである。お育というのだが、井筒屋に嫁いできたのは三月前だった。ところが、そのお育の父親というのが、なんと蛇の重蔵だというのである。

「重蔵は独り身だったはずです。それに娘がいるってえのはどうもおかしいじゃありませんか」

そのことを聞いてきた伝七は、目をすがめるようにしていう。

「おまえが最後に会ったのは、二十年も前のことであろう。それに、独り身であっても子は出来る」

「情婦にでも産ませたってことですか……」

「おまえは重蔵のことを何もかも知っているわけではなかろう」

「そりゃ……」

伝七は言葉に詰まって、考え込んだ。

新兵衛はちびちびと舐めるように酒を飲んでいる。そこは井筒屋に近い一膳飯屋《いちぜんめしや》の入れ込みだった。

「足を洗っていたらどうする？　おまえの知らないところに重蔵は女を囲っていたかもしれぬ。そういうこともあるのではないか……」

新兵衛が言葉を重ねると、伝七が顔をあげた。

「こういうこともあります」

「どういうことだ？」

新兵衛は煙管《キセル》を吹かした。

「盗人《ぬすっと》は目をつけた店に仲間を送り込んで、その店の造りや金の在処《ありか》、また危険を避けるためにいつ押し入るのがいいか、そんなことを調べることがあります」

「井筒屋はそう儲《もう》かっているようには見えぬが……」

新兵衛は暖簾《のれん》の向こうに見える井筒屋に目を注いだ。間口三間半ほどでたいして大きくない店である。あくどく儲けているようにも思えない。こつこつ貯めた金があったとしても高が知れているだろう。

「それじゃ、やはり盗人宿にしているのかも」

「お育という女を嫁入りさせているのも、企みがあってのことと申すか」

「大金を手にするためなら、盗人はどんな手でも使います」

「ふむ、おまえはどうしても重蔵に企みがあると思っているのだな」

「そうとしか思えねえんです。やつは筋金入りの、根っからの盗人なんです。足を洗ったなんて考《かんが》えられねえことです。そりゃまあ、年はくっちまってますけど……」

「おい、その重蔵が出かけるようだぞ」

新兵衛は煙管の灰を土間に落として、井筒屋から出てきた重蔵に目を向けた。地味な色の鮫《さめ》小紋を着流し、柿渋の羽織姿。一見、商家の主《あるじ》か隠居の風情だ。帯に下げている煙草入れも、遠目ながら趣味がよさそうである。

「尾《つ》けましょう」

伝七が腰をあげた。

重蔵はのんびりした足取りで浅草花川戸の通りを歩き、吾妻橋を渡って本所に入った。

「昨夜、遅くやってきた男がいたといったが、その男は何者だ?」

新兵衛は重蔵の背中に視線を注いだまま聞いた。

「そりゃあっしにもわからねえことです」

「……そうか」

本所に入った重蔵は、源森橋《げんもり》のたもとにある、とある一軒の船宿に入った。伝七は重蔵に覚えられているはずだから、船宿に入ることはできない。新兵衛が様子を見に船宿の二階にあがった。

重蔵は二階座敷の奥にぽつんと座り、外の景色を眺めていた。舟待ち客が一組ある。また、衝立《ついたて》で仕切られた片隅に男と女がいた。船宿は酒食も提供するが、ときに出合い茶屋のように男女の密会の場所に使われることもある。

新兵衛は店の女に茶漬けを頼んだ。朝から少し飲みすぎていたので、ここは自重しなければならない。重蔵は茶をうまそうに飲みながら、相変わらず外の景色を眺めている。

二階座敷からは初夏の日射しにきらめく大川が望めた。高瀬舟がすれ違い、荷舟が川を横切っている。時鳥《ほととぎす》の声が舟着場のそばにある樹木のあたりから聞こえてきた。

新兵衛が茶漬けを食べ終わったとき、ひとりの職人ふうの男があがってきた。あまり目つきがよくない。ちらりと新兵衛に一瞥《いちべつ》をくれると、そのまま重蔵のいる奥に向かった。さらに浪人の風体をした男がやってきた。これも重蔵のもとに行って座った。

新兵衛は気取《けど》られぬように聞き耳を立てたが、相手は周囲に気を使っているのか声を抑えていた。短くやり取りをすると、今度は三人揃って客座敷を出ていった。

新兵衛も様子を見て船宿を出た。すぐに脇の路地から伝七が出てきた。

「やっぱあやしいですぜ。尾けなきゃなりませんが、あっしは顔を知られているんで、新兵衛さん先に行ってください」

「わかった」

新兵衛は重蔵たちのあとを追うように尾行を開始した。重蔵たちは源森橋を渡り、向島《むこうじま》のほうに足を進めていた。いっとき花見でにぎわった墨堤を進み、途中で土手道を下りた。大川とは反対側だ。

そっちは田圃《たんぼ》と畑が広がっているだけで、土手上からだと視界が利く。三人は三《み》囲稲荷《めぐりいなり》の裏側にまわった。

新兵衛は立ち止まって考えた。ここで同じ道を辿《たど》れば、いずれ尾行していることがわかってしまう。野良仕事をしている百姓はいるが、極端に人の姿が少ないのだ。だが、見失ってはせっかくの尾行が無駄になる。十分な間を置いて、重蔵らのあとを尾けた。しかし、三囲稲荷の裏にまわると、三人の姿が消えていた。

どこだとあたりを見まわしたとき、背後に人の気配がした。振り返ると、ひとりの男が立っていた。

「何やつだ?」

重蔵といっしょに船宿を出たさっきの浪人である。

六

「何やつだと聞かれても、名乗るほどの者ではないが、お手前こそ何やつだ？」

新兵衛は言葉を返した。相手の眉間《みけん》に深いしわが彫られた。右足を一歩踏み出し、刀の柄《つか》に手をかける。

「おっと、いきなりなんだ」

新兵衛は片手をあげて制した。

「きさま、おれたちのあとを尾けていたであろう。船宿からずっとそうだった」

気づかれていたのか。新兵衛は内心で舌打ちしたが、

「それは奇遇であるな。いや、世の中にはそんなことがたまにあるものだ。拙者はお手前を尾けたつもりなどない。それじゃ、たまたま出会ったのであろう」

と、とぼけた。

「きさま、人を馬鹿にするのか」

相手は気色ばんでもう一歩足を踏み出した。

「なぜ、そんなにいきりたつ。偶然のことではないか。それとも、お手前には何かやましいことでもあるのか……」

「なにッ……」

「何もやましいことがなければ、そう目くじらを立てることもなかろう。拙者は小便がしたかっただけだ。それで用を足すところを探していたのだ。おお、もう我慢がならぬ」

新兵衛は本当に用を足したかった。少し行ったところで、じょぼじょぼと放尿を開始した。浪人はしばらく見ていたが、あきらめたようにその場を去っていった。

「ふざけたやつめ」

捨て科白《ぜりふ》が聞こえたが、新兵衛はにたにた笑って放尿を終えた。それにしても尾行にしくじってしまった。これ以上の尾行は危険である。

新兵衛は後戻りした。だが、さっきの男がどこかで見張っているかもしれないので、墨堤にあがり、竹屋《たけや》ノ渡《わたし》の舟着場に下りた。そこだと重蔵らのいるところからは完全に見えない。

「新兵衛さん、どうしたんです？」

しばらくして、頬被《ほおかぶ》りをした伝七がやってきた。

「気づかれてしまったのだ」

新兵衛はそばにある草をちぎって口にくわえ、言葉を足した。

「しかしおまえがいったように、なるほどあやつらはあやしい」

「それでどこへ行ったんです？　三囲稲荷をまわり込んだようですが……」

「その先はわからぬ。だが焦ることはないだろう」

新兵衛は川向こうの町屋に目を細めながらいう。

「重蔵がこのまま井筒屋に戻らぬとは思えぬ。だが、少なからず昨日までとは違った動きをすることになる」

「なぜそうだと？」

「おれはこれから井筒屋に戻ってやつを待つ」

「いや、それはまずいでしょう」

「どうせさっきのやつはおれのことをあやしんでいる。ならばついでということもある」

「何がついでなんですか？」

「重蔵に取り入るのだ」

「取り入る……？　どうやって？」

伝七は目を丸くした。

「やつらはまだおまえには気づいていない。つまりおれが囮《おとり》になってやるから、おまえは遠くから見張っておれ」

新兵衛はくわえていた草をぷっと吹き飛ばした。渡し舟が舟着場に寄せられたところだった。

「わからねえな。新兵衛さん、いったい何を考えているんです」

「おれは井筒屋のそばに戻る。おまえはあとから来ればいい。いっしょの舟ではいくらなんでもまずかろう」

新兵衛はそのまま腰をあげた。


小半刻《こはんとき》後、新兵衛は井筒屋の近くにある茶店に腰をおろしていた。

目の前を六尺褌《ふんどし》だけの男が大八車を引いていった。その大八車と脚絆《きゃはん》に草鞋《わらじば》穿き、頭に一文字笠《いちもんじがさ》をかぶった旅の女三人がすれ違った。

町屋の上には燕《つばめ》が飛び交っている。どこかの丁稚《でっち》が草履の音をぱたぱたさせて駆け去っていったとき、井筒屋からお育が出てきた。手に風呂敷包《ふろしきづつ》みを持っているので、使いに出されたのであろう。

新兵衛は掛けていた縁台から腰をあげると、お育のあとを尾《つ》けた。内股《うちまた》で歩くお育は小柄だが、均整の取れた体をしているのが、後ろ姿でわかる。歩くたびに裾《すそ》からのぞく白い脛《はぎ》が何とも色っぽい。

お育は馬道を突っ切り教善院《きょうぜんいん》という寺に入っていった。新兵衛は山門の前で待った。お育の用事はすぐにすんだらしく、ほどなくして戻ってきた。

「井筒屋のお育さんだな」

いきなり声をかけられたお育は、びっくりしたように目を丸くして立ち止まった。

「そうですが、お侍さんは……」

「曾路里新兵衛と申す。そなたは重蔵さんの娘だそうだな」

また、お育の目が大きくなった。

「なぜ、そんなことを……」

「重蔵さんに相談があるのだ。是非にも取り次いでもらいたいのだが、頼まれてくれぬか」

「どんなことでしょう」

お育は小鳥のように小首をかしげた。餅肌《もちはだ》の白い顔はつややかである。美人ではないが、男好きのする愛らしい面立ちだ。

「ただ、仕事の相談があると伝えてもらいたい。六つ半（午後七時）に待乳山《まっちやま》下にある小紫《こむらさき》という料亭で待っている」

小紫は何度か行ったことのある店だった。

「そう伝えるだけでよろしいのですね」

「うむ。ところで、そなたは本当に重蔵さんの子であるか？」

「……育ての親です。わたしは両親の顔は知りません。ですから親代わりです。義父はわたしにとってかけがえのない恩人です」

「その義父のことをどこまで知っている？」

「は……」

お育は澄んだ瞳《ひとみ》をきらきら輝かせ、小首をかしげた。重蔵の正体を知らないのだ。

この女は無垢《むく》な心のまま育っていると、新兵衛は感じ取った。

「いや、何でもない。それでは頼んだ」

新兵衛はそれ以上の穿鑿《せんさく》をやめて、くるりと背を向けた。

先ほどまでいた茶店に戻ると、どこからともなく伝七がそばにやってきた。

「どこに行ってたんです？」

「お育に頼み事をしてきたのだ」

「お育って……井筒屋の嫁ですか」

「そうだ。今夜、重蔵と話をすることにした」

「ちょっと、そりゃまずいんじゃないですか。そんなことしちゃぶっ壊しですよ」

「そうはならぬ。まかせておけ。それより、金を貸せ」

「は……」

「重蔵を料亭に呼び出すのだ。ただでは会えぬだろう。さあ……」

片手を差し出すと、伝七は渋々と懐の財布をつかんだ。

七

目の前を流れる山谷堀《さんやぼり》に、舟提灯《ふなぢょうちん》の明かりが揺れている。そのそばに新たな舟がつけられた。吉原通いの江戸雀が二人降りたち、土手八丁のほうへ視線をめぐらして石段を上っていった。どこからか三味線の音が流れてきた。

新兵衛は約束の刻限より小半刻ほど早く、小紫の客間に入って酒をちびちびやっていた。開け放された縁側の先に、小さな池がある。垣根の向こうには暗い空に銀鱗《ぎんりん》の光が散らばっていた。

「お客様、お連れの方がお見えになりました」

障子の向こうから仲居の声がかかった。

「お入りいただこう」

返答すると、障子が音もなく開き、重蔵が入ってきた。新兵衛をそのまま値踏みするように眺めて、高脚膳《たかあしぜん》の向こうに腰をおろした。

「お初にお目にかかりますが、いったいなんの相談があるとおっしゃるのでしょうか」

重蔵は少しも臆《おく》することなく、新兵衛の目を見る。さすが長年ならしてきた盗人《ぬすっと》だけはあると、新兵衛は感心する。白髪交じりの髷《まげ》が、燭台《しょくだい》の明かりに赤く染められていた。

「おれは初めてではない。昼間も源森橋の船宿で見かけている。そのあとで、おまえさんの使っているらしい用心棒にあやしまれもした」

　重蔵はいささかも表情を変えなかった。

「そうでありましたか」

　と、答えたのみだった。

「膳部は調っている。まずは一献」

　新兵衛が酌をしようとすると、重蔵は手をあげて制した。

「ご用件を先にお聞きいたしましょう」

「それなら手っ取り早い。流《なが》れ盗《づと》め専門の蛇の重蔵さん、おまえさんの用心棒に雇ってもらいたい」

　重蔵の太い眉《まゆ》がぴくっと動いた。

「用心棒など……わたしには用のないことです」

「足りていると申すか」

　新兵衛は口の端に笑みを浮かべて重蔵を見た。

　――短い間。

二人の影法師が一方の壁に大きく映っていた。

「たとえ雇うとしても、見も知らぬ方に頼むわけにはまいりません。いったいあなたはわたしのことをどこでお知りになったのです」

「ふふッ。とぼけなくともよいさ。蛇の重蔵といえばちょっとは知られた男。これまで数々の盗みばたらきをしてきたおまえさんのことだ。その名が外に漏れないとはいい切れぬはずだ」

重蔵は何もいわずに、独酌をした。新兵衛はそんな重蔵をじっと見た。おそらく腹の内で算盤《そろばん》を弾《はじ》いているはずだ。このおれをどう扱ったらいいか迷っているのだろう。邪魔なら口を封じに来るだろう。それに、表にはおれを討つ刺客を待たせていることも大いに考えられる。大仕事前の大事な時期ならなおさらのことである。

「いかがする。雇ってくれぬか……」

「お断りいたします」

「……さようか」

新兵衛は汁椀《しるわん》の中身を丼《どんぶり》にひっくり返し、その椀になみなみと酒をつぎ足した。そのまま一息にあおる。

「お話はそれだけでございますか」

「他にはないさ」

「しかし、どこでどうして、わたしが井筒屋にいることがわかりました？」

「人の目はどこにでもある。おまえさんほどの盗人となれば、誤魔化しは利かぬということだ」

「買い被《かぶ》っておられますな。わたしはもう足を洗っているのですよ」

「ほう、そうであったか。とすれば失礼を申したな」

新兵衛は銚子《ちょうし》に残っていた酒を、また汁椀に注《つ》いであおった。重蔵は驚いたように首を振った。

「話がすんだのであれば、帰らせていただきます」

「呼び出してすまなかった」

重蔵は軽く頭を下げて、客間を出ていった。その刹那《せつな》、キラッと光る凶悪な目が向けられたことに新兵衛は気づいたが、何食わぬ顔で酒に口をつけた。


風がぬるくなっていた。雨が近いのかもしれない。いつの間にか空は雲に覆われ、星も月も見えない。提灯の明かりだけが頼りの闇夜だ。

新兵衛は酔っていた。視線を足許《あしもと》に散じて歩く。町屋の遠くに見える赤い提灯が、靄《もや》ににじんでいた。

明日は雨か……。

立ち止まって大川の流れに目を注ぐ。下る舟の提灯もぼんやりしている。対岸にある向島は、墨で塗り込められたように暗い。

耳をすました。尾《つ》けてくる足音が止まった。背後に尾行者の気配を感じたのは、小紫を出てすぐのことだった。尾行になれていないのか、それとも端《はな》から気づかれてもよいと開きなおっているのかわからない。

新兵衛が歩き出すと、やはり一定の距離を置いて見えぬ影の足音を耳が拾った。試しに浅草聖天町の町屋に入った。下手な尾行だ。角を曲がると、慌てたように駆けてくる。まかれていないことをたしかめると、また距離を詰めてくる。

そこは小役人らの住まう武家地であった。数年後には召しあげられ、市中にある芝居小屋が移設され、町の名も猿若町《さるわかまち》となる地である。だが、いまは殷賑《いんしん》をきわめる芝居町ではない。武家地にある家並みの佇《たたず》まいが静かな闇のなかに眠っているだけだ。

尾行者は三人。蛇の重蔵の仲間であろう。大事な盗みの前に、横槍《よこやり》を入れられたのが気に食わないのだろう。こちらの口を封じてしまうつもりか、それともたんなる威《おど》しか、あるいは住まいを突き止めてあとで片をつけようという魂胆か……。

新兵衛は尾けられるままに歩いた。

闇討ちをかけてくれれば、重蔵は盗みの計略があることを認めることになる。さて、どう出てくるか……。そう思ったときだった。

新兵衛の提げる提灯の明かりに吸い寄せられる虫のように、尾行者たちが殺到してきた。

さっと振り返り、提灯を高く掲げた。体はがら空きの隙だらけ。しかし、尾行者たちは刃圏に入る手前で立ち止まった。それでも剣気は募らせたままだ。

「斬りに来たか」

ひとり一人の顔を拝もうとしたが、相手は頭巾《ずきん》をしていた。目と鼻だけが見える。

「蛇の重蔵の仲間であるな。どういたす……」

新兵衛はまだ刀に手をかけていない。相手はじりじりと間合いを詰めてくる。闇を吸い取る白刃が、新兵衛の提灯の明かりに血のように染まっている。

右端にいた男が、小さく顎《あご》をしゃくった。同時に、真ん中の男が撃ち込んできた。

新兵衛は半身をひねってかわした。小鬢《こびん》を鋭い刃風が過ぎていった。

「むッ……」

かわされた男はすぐさま振り返り、第二の斬撃《ざんげき》を送り込んできた。これも新兵衛があっさりかわす。同時に足払いをかけて、前に転倒させた。男はぶざまにつんのめって、頭巾にのぞく目を驚いたように瞠《みは》った。戦意を喪失している。

だが、それで終わりではなかった。左にいた男が即座に突きを送り込んできたのだ。新兵衛は酔った体をふらつかせて、紙一重のところでかわし、体を入れ替えながら片手で相手の脇差を抜き取っていた。

片手に提灯、片手に脇差……。

脇差を奪い取られた男の目が狼狽《ろうばい》していた。

「つぎは容赦せぬ。この曾路里新兵衛に命をもらい受けてほしいならば、かかってくるがよかろう。この脇差はなまくらではなさそうだからな」

すいっと、剣先を相手の眉間《みけん》に狙いさだめた新兵衛の目が茫洋《ぼうよう》と細められた。酔眼の剣を使うほどの相手ではないが、本気で斬るつもりだった。

「やめろ」

声を発したのは、さっき顎をしゃくった男だった。

「重蔵さんに用心棒になりたいといったそうだな」

新兵衛はその男を黙って見た。

「……いかほどの腕があるか、試しただけだ」

「なるほど、腕試しであったか」

「なかなかのようだ。だが、酒は過ぎぬほうがよかろう」

「過ぎていてもこれぐらいのことはできる」

相手から殺気が消えたのを見た新兵衛は、奪い取った脇差を放った。

「明日、井筒屋にあらためて返事を聞きに行く。重蔵にそう伝えておけ」

新兵衛はそのまま片手を懐に入れ、くるりと背を向けて、提灯をふらつかせながら歩き去った。

どこかで、哀しげな犬の遠吠《とおぼ》えがした。

八

とんぼ屋で鯖《さば》のみそ煮をおかずに飯を食い終えた新兵衛は、表の雨を眺めた。

「めずらしくよく食べてくれたわね」

お加代がそばにやってきて茶を置いた。

「これは……」

新兵衛が押し返すと、お加代はキッと目をきつくして、

「お酒はだめ。今日ぐらいお茶にしておきなさい」

と、いつものように世話女房めいたことをいう。

「さようか」

しかたなく茶に口をつけると、

「どうせ、どこかで引っかけるのはわかっているのだから、朝ぐらい控えなさい

な」

　と、お加代は言葉を足す。

「……よく降るな」

　新兵衛は表に目を向けた。通りに水溜《みずた》まりが出来ている。尻端折《しりはしよ》りをして裸足《はだし》で駆ける人足の姿があった。町娘は裾《すそ》をからげて傘をさしている。新兵衛は裾からのぞくなまっちろい足ににやりと笑みを浮かべた。

「それにしても、新兵衛さんのことがわからないわ。いったい何の楽しみがあって、毎日あきずに酒ばかり飲むのかねえ。ねえ新兵衛さん、ひとつ教えてくれないかしら」

「何をだ……」

「生きる楽しみは何なのですか？」

　お加代は碗《わん》と皿をのせた盆を引き寄せて真顔を向けてくる。

「……楽しみ」

　爪楊枝《つまようじ》を口にくわえた。

「そうよ。どんなに貧しくても、何か楽しみやあてがなければ生きる甲斐《かい》がないでしょう。そう思いませんか？　それとも何か志でもあるのですか？」

　面白いことを聞くと、新兵衛は内心で思った。

かつて武士としての志はあった。だが、取り潰《つぶ》しになってから、そんなものはいらなくなった。たしかに生き甲斐は必要であろうが、いまの新兵衛にこれといったものはない。功をなし名を高めようなどという出世欲もない。

「なにさ、答えておくれましな」

新兵衛は膝許《ひざもと》に落としていた視線をあげてお加代を見つめた。

「つましく生きて死ぬ。それが望みだ」

お加代は目をしばたたいた。

「欲はない。うまい酒が飲めればそれでいい。そんな生き方もある」

「まるで世捨て人ではありませんか」

「ならば、おまえさんには何がある？」

「……わたしには……」

お加代は戸惑ったように口をつぐんだ。

「そりゃ女ですから、好きになれる男に出会い……」

「所帯を持ちたい。そういうことなら、いつでもできるであろう。おまえさんの器量なら引く手あまただ。客のなかにはおまえさんめあてにやってくる者もいる」

「わたしが気に入らなければそれまでのことです」

「好きな男と同じ屋根の下で暮らし、子供を育て、その子の成長を楽しみにする。

それもよかろう。おそらくみんな同じなのだろう。だが、人はそれぞれだ」

「だから聞いているのですよ」

お加代はじれったそうに、膝の上の前垂れをしぼるようににぎった。

「……正直に申せば、模索しているのだ。死ぬまでの生き甲斐をな」

本当のことだった。新兵衛はそのまま腰をあげて、雨中に出た。

お加代に聞かれたことを考えながら雨のなかを歩き、浅草寺《せんそうじ》境内に入り、池の畔《ほとり》に立った。紅白の蓮《はす》の花があちらにひとつ、こちらにひとつある。池は強くなった雨脚を撥《は》ねあげ、波紋をぶつからせていた。

真昼なのに薄闇である。普段にぎわう境内もひっそりしており、濡《ぬ》れそぼった鳩が堂宇の屋根で肩をすぼめている。

新兵衛は境内を抜けて、浅草聖天横町に向かった。そのまま井筒屋を訪ね、重蔵に会う腹である。

「新兵衛さん」

ふいの声がかかった。

傘で顔を隠すようにして横に並んだのは伝七だった。

「重蔵が動きますぜ」

伝七は前を見ながら、低声《こごえ》で話しかけてくる。新兵衛も視線を前に向けたまま、低めた声で問い返した。

「なぜ、そうだとわかる」

「井筒屋に三人の男が入っていきました。浪人の風体です」

それなら昨夜の男たちかもしれない。新兵衛は重蔵に会うのを控えようと思った。

「どこで見張る？」

「あっしはその辺の茶店に寄ります」

「ならば、おれも適当な店で雨宿りしよう。気取《けど》られるな」

「承知しておりやす」

「おっと、ちょっと待て」

新兵衛が慌てて声をかけると、伝七が振り返った。

「昨夜、重蔵の仲間に尾《つ》けられ、腕を試された」

「ほんとですか……」

「おまえの考えているとおり、重蔵は臭い。十中八九悪だくみがあると見ていい」

「だから、そういったじゃありませんか」

「だが、気をつけろ。やつは油断がならぬ」

「それは重々わかっておりやす。それじゃのちほど……」

伝七はすうっと離れていった。新兵衛はしばらく行ったところにある団子屋の軒先に入って、傘のしずくを切った。伝七がはす向かいにある茶店の葦簀《よしず》に身を隠したのが見えた。

新兵衛が団子屋の土間にある床几《しょうぎ》に腰をおろしたとき、重蔵が三人の男たちと井筒屋の表に姿を現した。

新兵衛は櫺子《れんじ》格子の隙間から、その様子を窺《うかが》いつづけた。やがて一行は団子屋の前を通りすぎた。

「お客さん、団子は……」

若い茶汲《ちゃく》み女が茶を持ってきたが、新兵衛はそのまま立ちあがった。小銭を置いて、店の表に立った。

井筒屋を眺め、それから重蔵たちの後ろ姿に目を注ぎ、ぱっと傘を開いた。

蛇《くちなわ》の重蔵

一

雨の降りは次第に弱まりつつあったが、町屋の通りは薄い靄《もや》に包まれたように烟《けむ》っていた。傘をさし、あるいは蓑《みの》を被《かぶ》った者たちが水溜まりを避けながら行き交っているが、その数は普段ほど多くはない。

商家は雨戸を閉め、濡れるのを嫌って暖簾《のれん》を下ろしているところもある。御米蔵の前に立ち並ぶ、白黒の海鼠《なまこ》壁で造られた蔵の屋根の向こうで、一羽の鳶《とび》が、声もなく彷徨《さまよ》うように飛んでいた。

「やつら、どこに行くんですかね」

鳥越橋《とりこえ》を渡ったとき伝七がそばに近づいてきて声をかけた。

先を行く重蔵たちとは一町以上の距離がある。それに、新兵衛の前には、傘をさして歩く商家の手代らしき男と、大八車を押す車夫がいた。重蔵たちが振り返ったとしても、見つかる恐れはなかった。

「おまえはずっと下がって、おれのあとを尾けてこい。おまえはやつらに決して気づかれてはならぬ。離れろ」

新兵衛が語気強くいうと、伝七は再び離れていった。

これは誘いに違いない……。

新兵衛は胸中でつぶやいた。重蔵は昨夜、仲間に自分の腕をたしかめさせている。さらに、今日のうちに自分が会いに行くことも、重蔵は承知している。

罠《わな》か……と、新兵衛は思った。

これはたんなる誘いかけかもしれない。昨夜口を封じることができなかったので、今日のうちに自分の命を奪い去ろうという魂胆かもしれぬ。いずれにしても、これからのことは重蔵との駆け引きである。

重蔵と連れの三人の浪人は、浅草橋を渡り、両国西の雑踏を抜けた。辿《たど》りついたのは米沢町一丁目である。それも、河内屋のある小路に姿を消したのだ。

まさか、河内屋と……。

薬種屋の軒先に身を置いた新兵衛は、土庇《どびさし》から垂れる雨水越しに河内屋のある小路に目を向けつづけた。

重蔵たちは河内屋のまさに目の前で足を止め、しばらくあたりの様子を窺ったのち、再び両国西広小路に戻った。

雨だというのに広小路の人出は少なくない。傘が視界を邪魔していた。太鼓と笛の囃子《はやし》があちこちでする。呼び込みの声もいつもと変わらない。いや、むしろ多いかもしれない。雨で客足が鈍っているので取り返そうとしているのだろう。

芝居小屋の前に立てられた高い幟《のぼり》が、雨を吸ってだらりと垂れている。その向こうには雨を降らす鈍色《にびいろ》の雲が広がっている。

その空から視線をもとに戻したとき、新兵衛は重蔵たちを見失っていた。慌てて人をかきわけてあたりに視線を凝らしたが、どこにも見あたらなかった。

これはしたり……。

内心でぼやき、舌打ちをした。だが、人波の向こうに重蔵の姿を見出《みいだ》した。傘をやや横に倒して、雑踏を抜けつつあった。来たばかりの道を後戻りするようだ。

だが、三人の浪人がいない。別れたのか……。

重蔵は浅草橋に向かうようだったが、途中で吉川町《よしかわちょう》の町屋に入り、それから柳橋を渡った。そのまま大川沿いの道を辿り、旅籠町《はたごちょう》二丁目代地にある一軒の蕎麦屋《そばや》に入った。松平伊賀守《いがのかみ》（信濃《しなの》上田藩）上屋敷裏である。

新兵衛は蕎麦屋の前で立ち止まった。なぜ、重蔵たちは河内屋をたしかめるように見ていたのか。河内屋とつるんでいるのではなく、河内屋を狙っているということとか。

いずれにしても重蔵は、新兵衛を誘う行動を取った。つまり、目の前の蕎麦屋で待っているということだ。こうなったらあたって砕けろである。

新兵衛は蕎麦屋の暖簾をくぐった。

「いらっしゃいまし」

という仲居の声で、奥の入れ込みに座っていた重蔵の視線が新兵衛に向けられた。顔色ひとつ変えず、小さく顎《あご》を引いた。

やはり、待っていたのだ。つまり、さっきの尾行をすでに読んでいたということである。

「お待ちしておりました」

新兵衛が前に座ると、重蔵が口を開いた。

「誘いかけた者のいう科白《せりふ》ではなかろう」

差料を脇に置いて、新兵衛は重蔵を眺めた。店の女がやってきたので、躊躇《ためら》わず酒と蕎麦《そば》掻《が》きを注文した。

「昨夜、おれの口を封じようとしたのではないか」

「それは誤解でございます。不躾《ぶしつけ》ながら腕を試させていただいただけでございます。あの者たちもそう申しているはずです」

新兵衛はそれには答えず、運ばれてきた酒に手をつけた。

「腕を試したということは、つまり用心棒に雇ってもいいと、そういうことであるか」

「……曾路里様、ひとつ教えていただきたいのですが、どこでわたしのことをお知りになられました？」

「すでに申したことだ」

「あれではお答えになりません。はっきり教えていただきたいのです」

新兵衛は酒を舐《な》めながらどう答えるべきか考えた。伝七の名は出せない。

「名はいえぬが、昔盗人《ぬすっと》だった者がいる。そやつがおぬしを見かけたそうだ。その男から聞いて知ったことだ」

「その男はいつのことを申しているのです」

重蔵は値打ち物を鑑定するように、目をすがめた。

「ずいぶん昔のことらしい。そやつは足を洗っている」

「わたしもとうに洗っているのでございますが……」

「ふん、笑わせてくれる」

新兵衛は皮肉な笑みを浮かべて酒を飲んだ。そのあとで、重蔵は驚くことを口にした。

「曾路里様は、河内屋という高利貸しをお知りですね」

「…………」

「主《あるじ》の河内屋惣右衛門はなかなかの商人《あきんど》のようです。もっとも感心できるきれいな商売ではないようですが……」

「なぜ、おれが河内屋のことを知っていると申す」

「河内屋が曾路里様を存じているのです。主の惣右衛門から聞きました。つまり、曾路里様も河内屋を知っているということになります」

「……まさか、河内屋を狙っているというのではあるまいな」

重蔵は首を横に振った。蒸籠《せいろ》にのせられたそばが運ばれてきたので、二人はしばらく口をつぐんだ。

「曾路里様の身の上を思って忠告をひとつ」

「なんだ？」

「河内屋は曾路里様の命を狙っていますよ」

新兵衛はじっと重蔵を見つめた。

「おぬしと河内屋はどのような関係なのだ？」

「わたしは河内屋の客です。どうしても急ぎの入り用ができましてね。そのおりにした茶飲み話で聞いたまでです」

河内屋もそうであるが、重蔵も相当の狸である。新兵衛は舌を巻く思いだった。

「それで、おれを用心棒に雇う件はどうなのだ？」

「お断り申しあげます。わたしには用のないことです」

「三人の浪人とつるんでいるのはどういうわけだ。あやつらで間に合っているということか」

「くどいですね。わたしは足を洗っている身です。もう危ない橋を渡るつもりはないのです」

あくまでも白を切りとおす腹か。それならそれでよいだろう。こっちは気長に待つことにする。新兵衛は酒をついで飲んだ。

二

それから二日が過ぎた。

重蔵のことは伝七が見張りつづけている。その間、新兵衛は何をするでもなく、怠惰な日を送っていた。

漬けた烏賊《いか》の塩辛が絶品の味になっていた。酒の肴《さかな》にはもってこいの代物だが、飯のおかずにも申し分なかった。

空はまっ青に冴《さ》え渡っている。昼酒が利けば眠気に襲われる。襲われたら襲われたまま、横になり惰眠をむさぼる。なんと自由で幸せな気分であろうか。まるでこの世の春がやってきたような、極楽とんぼに成り下がった自分に幸せを感じるのである。

とんぼ屋のお加代に聞かれたことが、片手枕で横になったとき思い出された。人の生き甲斐《がい》は、人それぞれであろう。他人に媚《こ》びへつらうことなく勝手気ままな暮らしを、生き甲斐にしてもよいではないか。

だが、そう思う自分のことを新兵衛はよくわかっていた。窮屈な武家社会にあって、それも公儀役人を務めていたときの、常に自分を戒めるというたががが緩んでいるのだ。外れたたがを締めなおすのは容易なことではない。ならば、無理をして締めなおすこともないだろう。

しかし、やはり人生のめあては、ないよりあったほうがいいに決まっている。おれはどこに行こうとしているのだ。何をやろうとしているのだという忸怩《じくじ》たる思いが胸の内にあるのもたしかなことだった。

うつらうつらしながらそんなことを考えているうちに、重蔵とお育の顔が脳裏に浮かんだ。お育は重蔵に育てられたという。そして、重蔵の正体を知らずに育っている。それはたしかなことであろう。短い対面ではあったが、新兵衛はあのとき、お育の無垢《むく》な目の色を見て、そう感じた。同時に純なお育を悲しませてはならないとも思った。

しかし、伝七のいうように重蔵が盗人ならば、放っておける話ではないし、伝七にとって重蔵は敵《かたき》である。過去はどうであれ、まっとうな道を歩いている伝七の気持ちも察してやらなければならない。ところが、そこには少しの迷いもある。重蔵が自分でいったように、すっかり足を洗っているのであれば、無用な穿鑿《せんさく》は徒労となる。

いったいどっちが本当なのだ……。

新兵衛は重蔵の顔を脳裏に浮かべながら自問した。もし、重蔵の言葉が真実であれば、お育のためにそっとしておくべきであろう。そのときは、伝七の気持ちを慮《おもんぱか》ってよくよくいい聞かせる必要がある。

そうはいっても、やはり重蔵には引っかかりを覚える。何のためにあの浪人たちとつるんでいるのだろうかということだ。

「ふむ、どうしたものだろうか……」

疑問をつぶやいた新兵衛は、やってきた睡魔に身を委《ゆだ》ねることにした。

「新兵衛さん、起きてください」

声をかけられ体を揺すられたのは、どれぐらいたってからだろうか。

眠い目をこすって半身を起こすと、伝七の下っ引きをやっている金吾のひょっとこ面が間近にあった。

「どうした……」

新兵衛はそばにあった急須《きゅうす》に、直接口をつけて出涸《でが》らしの茶を飲んだ。

「伝七親分がお呼びなんです。すぐに来てくれとのことです」

「どこへ？」

「井筒屋の前の茶店です」

「何かあったのか？」

「よくわかりませんが、とにかく早く連れてこいっていわれまして……」

伝七と金吾は交代で重蔵の見張りについていた。

「それじゃ気晴らしに出かけるか」

新兵衛は先に金吾を走らせ、自分はゆっくり長屋を出た。

それは、近道をするために雷門をくぐり、浅草寺境内に入ったときだった。両脇に土産物の木工細工やお守り、あるいは飴屋《あめや》などの床見世《とこみせ》の並ぶ狭い通りである。

河内屋がひとりの侍を供にして歩いてきたのだ。足を止めたのは同時だった。新兵衛は一度河内屋に目を向け、それから供についている侍に鋭い目を向けた。相手も見返してきた。その目にかすかな驚きが刷《は》かれるのを新兵衛は見逃さなかった。

「久しぶりだな河内屋。ちょいと話ができまいか」

誘ってやると、河内屋は床見世の裏にあるわりと静かな広場についてきた。

「おぬし、重蔵という男を知っているそうだな」

「どちらの重蔵さんでございましょう」

「ここしばらく井筒屋という小間物屋に世話になっている年寄りだ」

「ああ、存じております。いいお客様でした」

新兵衛は片眉《かたまゆ》を動かした。

「どういうことだ……」

「百両ほど用立てたのですが、二日後には耳を揃えてお返しいただきました」

無論、それは利子を入れてのことであろう。

「そのおりにおれのことを話したな」

「迷惑でございましたか?」

「何故《なにゆえ》、話した?」

「腕の立つ御仁を紹介してもらいたいとおっしゃいましたので……つい、曾路里の旦那《だんな》の顔が浮かびましてね」

新兵衛は河内屋から視線を外して、

「……おぬし、一度会っておらぬか」

と、供の侍を見つめた。おそらく闇討ちをかけてきたのはこの男だろう。

「さあ、顔を拝んだのはこれが初めてだ」

「名は？」

「近田主馬《ちかだしゆめ》と申す」

「覚えておこう」

新兵衛はそういってから河内屋に視線を戻した。

「この男がおぬしの用心棒になったのだな」

「……旦那に断られましたのでね」

「断られついでにおれの命を狙うこともなかろう。命を縮めることになるぞ。心しておけ」

新兵衛はそのまま二人に背を向けて立ち去った。

井筒屋のそばまで行くと、茶店の葦簀《よしず》の陰から声がかかった。新兵衛が振り向くと、頬被《ほおかぶ》りをした伝七が奥に来てくれといざなう。

新兵衛は一度井筒屋に目を向けて、茶店の土間奥に進んだ。

「何かあったのか？」

「へえ、重蔵が江戸を去るようなんです」

「どういうことだ……」

「それはあっしに聞かれても……。ですが、その気配です。今戸《いまど》橋の船宿で舟を仕立てる段取りをつけてんです。どうやら井筒屋は連絡場《つなぎ》として使っていたんじゃねえかと思うんです」

「連絡場……なるほど。それでどこへ行くのか、それはわからぬのだな」

伝七は首をひねった。それから表の様子を見に行ってすぐに振り返った。

「新兵衛さん、重蔵です」

新兵衛もすぐに葦簀の陰から井筒屋の表を見た。手甲《てっこう》脚絆《きゃはん》に草鞋《わらじ》穿き、肩に振り分け荷物という旅装束の重蔵が、井筒屋の家族らに見送られるところだった。お育と短く言葉を交わした重蔵は、井筒屋勘兵衛夫婦と倅《せがれ》の清吉に頭を下げて背を向けた。

新兵衛は周囲に注意深い目を配った。重蔵が連れていた男たちの姿はどこにもない。

「どうします？」

伝七が焦った顔を向けてきた。

「おれは今戸橋の船宿まで尾《つ》けてやつの足止めをする。おまえはその間に金吾と舟を仕立ててあとを追え」

三

河内屋惣右衛門は自宅の座敷に戻ると、お気に入りの煙管《キセル》に煙草を詰めて吸いつけた。紫煙をゆるやかな風に流し、主馬を見た。

「そう焦ることはないでしょう。曾路里新兵衛は逃げはしませんよ」

「あの男はおれが闇討ちをかけたことを察している。逆に仕掛けてくるかもしれぬ」

「そうであるなら望むところではありませんか」

「いや、やつは手強《てごわ》い。おぬしにはわからぬだろうが、なまなかではない」

「まさか、曾路里を討ち取れないと思っていらっしゃるんじゃないでしょうな」

「馬鹿を申せ」

「それじゃ、じっくり様子を見てはいかがです。わたしは別にあの男の始末を急いでいるのではありません。考えようによっては面白い男です。ひょっとすると、思いもいたさぬほど役立つかもしれないのですからね」

河内屋はうまそうに煙管を吹かして、灰吹きに雁首《がんくび》をたたきつけた。ぼこっと鈍い音がした。河内屋は新兵衛が味方につけば、思いもしないはたらきができると考えていた。もっとも、敵にすれば厄介な人物であることもよくわかっている。

「あやつをどうやって役立たせる」

「それはこの河内屋の腕次第というところでしょうが、まあやり方はあります」

「わけのわからぬことを……」

「まあ、慌てず急がず曾路里のことは考えましょう。近田さん、今日はもうよろしいですよ。お陰で取り立てはうまくいきましたし……」

「明日はいかがする」

「いつものように来ていただけますか」

「うむ、それでは帰らせてもらう」

河内屋は座敷を出てゆく主馬を見送ってから、小庭に視線を投げた。ゆるめていた表情を厳しくして、煙管を弄《もてあそ》んだ。

曾路里新兵衛はいずれ消えてもらわなければならないが、その前に手玉にとって一儲《ひともう》けさせてもらいたい。考えていることはいくつかあったが、まだまとまりをつけることができなかった。

しかし、偶然とはいえ、今日出会ったのは何かの縁があるからかもしれない。河内屋は、茫洋《ぼうよう》としていて、ときに鷹《たか》のように鋭い目をする新兵衛の顔を思い浮かべた。

「あの男、いったい何が望みなのだ」

つぶやきを漏らして、縁側に立った。

キョキョキョキョと、時鳥《ほととぎす》の鳴き声がした。

河内屋は今夜あたり湯島の店の様子でも見に行こうかと、ふいに思った。気晴らしを自分の店でするつもりはないが、たまには顔を出しておかないと、締まりが悪くなる。なにしろ油断すれば、売り上げの金をちょろまかす番頭がいる。いまのところ黙って見過ごしてはいるが、度が過ぎれば放ってはおけない。


新兵衛は舟着場に下りようとした重蔵に声をかけた。

「……これはまた曾路里様」

「すぐそこでおまえの姿を見かけてな。どこへまいるのだ」

「旅に出るところです。行き先はまだ決めておりませんが、日光あたりに足をのばそうかと思っています」

「千住《せんじゅ》から歩くということか……」

「そうなりましょう」

「仕事はやらぬというわけか……」

新兵衛は重蔵の背後にまわりこんで、大川を眺めた。

「隠居の身です。わたしに仕事などありませんよ」

「仲間はどうした？　おまえには三人の浪人がついていた。おそらく他にもいるはずだろうが……」

「まだわたしのことをお疑いで……。申しておきますが、わたしは堅気に戻った男です。連れていた浪人はわたしに相談に来られただけです」

「それなのに、おまえはおれの腕を試させている。辻褄《つじつま》が合わぬ」

「用心棒に雇えとおっしゃったのは曾路里様です。だったら一度腕をたしかめたいと思うのは人間の性《さが》でございましょう。どうか失礼の段ご容赦のほどを……」

いけしゃあしゃあと口のうまいやつだと、新兵衛はあきれる。そう思う裏で、重蔵のいっていることは本当なのだろうかと、訝《いぶか》しく思いもする。

「いつ江戸に戻ってくる？」

「さあ、それはいつになることやら」

新兵衛は雁木《がんぎ》のほうに歩いていった。少し上流で舟に乗り込んだ伝七と金吾の姿があった。二人とも感心に頬被りをしている。

「それじゃ、おまえと会うのもこれが最後となるかもしれぬな」

新兵衛はまた重蔵を振り返った。

「今生《こんじょう》の別れになるかもしれません」

重蔵は軽く頭を下げると、舟着場に下りていった。新兵衛はそれを黙って見送った。舟に乗り込んだ重蔵は、新兵衛に背を向けたまま振り返らなかった。

船頭が棹《さお》を使って雁木を押すと、ついっと舟が水を滑るように動いた。そのまま舟は大川に漕《こ》ぎ出され、ゆっくり遡上《そじょう》していった。

伝七と金吾の乗った舟が、十分な距離を取って重蔵の舟を追いかけはじめた。上り下りをする舟は少なくない。あとから来る舟を重蔵が疑うことはないだろう。

新兵衛は陽光きらめく大川に目を細めた。

四

船頭はゆっくりと棹を操り、ゆるやかな流れを上ってゆく。右方に見える墨堤の青葉がまぶしい。帆を下ろした高瀬舟が流れにまかせて下ってゆく。大川を横切る渡し舟もある。

伝七は頬被りのなかにある目を、じっと重蔵の舟に向けていた。

「親分、どこまで行くんでしょうね」

金吾が声をひそめて聞く。

「千住か……その先なら戸田あたりってところだろう」

「どこまで尾けるんです？」

「やつが行くところまでだ」

「……向こうは旅姿ですぜ。こっちは何の支度もないんですよ」

伝七は金吾に顔を向けた。

「おれのやることにゴタゴタいうんじゃやねえ。何も地獄に行くっていうんじゃやねえんだ。どうにでもなるさ。もっとも関所がありゃ、その手前で引き返すしかねえが……」

強気なことをいう伝七だが、そのじつ心の臓をドキドキと高鳴らせていた。

重蔵はただの盗人《ぬすっと》ではない。流《なが》れ盗《づと》め専門にしているので、あちこちの盗賊一味に顔が利く。そのなかには人を人とも思わぬ、悪逆非道な輩《やから》がいる。そんな男ににらまれたら最後、命などあっさり露のごとく消えてしまうだろう。

だが、うまくすれば思いもよらぬ手柄を立てることができる。そのことが伝七の心を奮い立たせているのだった。何より、重蔵は敵《かたき》でもある。

「……それにしても新兵衛さんは早まったことをしてくれたぜ」

伝七は舌打ちをした。

「どういうこって……」

「重蔵にまさか会うとは思わなかったんだ。そのことで、重蔵は予定を狂わせちまった。そうに決まってる。まったく新兵衛さんも余計なことをしてくれたもんだ」

新兵衛にじかに文句をいってやりたかったが、気紛れな相手だから遠慮をしていた。途中で放り出されたら困る。

ひとりでは何もできない自分のことを、伝七はよくわかっている。

「ほんとに重蔵が足を洗っていたらどうします。新兵衛さんはそんなことをいっていましたが……」

「洗ってなんかいるもんか。あの男には盗人の血が流れているんだ。死ぬまで根っからの盗人とはあの男のことだ」

伝七は舷《ふなばた》に手を伸ばして、川の水をすくった。水中に魚の群れが見えた。じつは迷いもあった。金吾がいったように、重蔵が足を洗っているなら、まったく無駄なことになる。井筒屋に嫁いだお育という女の面倒を見て、幸せにしてやってもいる。昔の重蔵はそんな男ではなかった。それとも、おれが気づかなかっただけかと伝七は思いもする。

しかし、重蔵と連れ立っていた三人の浪人のことがある。どんな用事があったのか知らないが、向島に行ったことも気になっていた。

伝七の勝手な推量であるが、こう考えていた。

重蔵は井筒屋を連絡場《つなぎ》にし、賊の隠れ宿が向島にあると。それに、重蔵は普段、ひとりで動く男だ。まわりに浪人者がいるということは、大盗《おおづと》め前の準備を進めていることにほかならない。

「やつには必ず企《たくら》みがある。そうじゃなきゃおかしい」

伝七は重蔵の舟を眺めてつぶやいた。


「船頭、そこでいい」

重蔵は千住大橋のたもとにある舟着場に舟をつけさせた。酒手をはずんで舟を降り、土手をあがった。田植えの終わった田が青々と広がっている。青田は風に吹かれて、雅《みやび》な波のようにうねっていた。

千住大橋の北にある橋戸町《はしどちょう》に入ると、佐野屋《さのや》という旅籠《はたご》に入った。ここは町奉行所の管轄外である。町方が追ってきたとしても、橋の南詰めで足止めになる。とはいっても、重蔵はまだ何もしていないし、町方に追われる理由もない。

心には余裕がある。ただ、気になるのは曾路里新兵衛という得体のしれない浪人のことである。当初は火付盗賊改《あらため》、あるいは町奉行所の隠密廻《おんみつまわ》り同心ではないかと思った。

だが、そうではない。確証はないが、重蔵は長年培ってきた勘でわかった。それにしても不気味な男である。しかし、こっちの手の内はなにも明かしていない。

「番頭さんよ、二日ばかり世話になる。宿賃を先に払っておこう」

部屋に落ち着いた重蔵は、案内をしてくれた番頭に金を渡した。

「飲み食いをすると思うが足りなければ、出立のときに精算しよう」

「へへ、ありがとうございます。お部屋は他にも空いていますが、こちらでよろしいでしょうか」

「かまわぬ」

「それじゃ、いまお茶を運ばせますので」

番頭が下がってゆくと、重蔵は窓辺に立った。向かい側の商家の先に田が広がっており、そのずっと向こうになだらかな山並みが霞《かす》んで見える。

往還には人馬が行き交い、呼び込みの女たちの声がしていた。

しばらくして女中が茶を運んできた。その女中はおしゃべりらしく、どこまで旅をするのだ、どこから来たのだ、これまでどんな仕事をしていたのだ、女房は連れていないのかなどと余計なことを聞いてくる。

重蔵は適当にあしらって、

「考え事がある。ひとりにしてくれないか」

というと、女中はわたしはおしゃべりだからいつも客に注意を受けると、邪気のない笑みを浮かべ、ぺろっと舌を出して見せた。憎めない女である。

茶を飲むと、手甲脚絆《てっこうきゃはん》を取り、楽な浴衣《ゆかた》に着替えた。それから障子を閉め、振り分け荷物に入っていた図面を取り出し、長々とそれを見つめた。

――ここでよい。これが最後の仕事だ。

重蔵は心中でつぶやいた。何としてでもやり遂げたい。うまくいった暁には、お育に不自由しない金を残し、自分は遠くへ去る。

京がいい。比叡山《ひえいざん》の麓《ふもと》、高野川の上流に大原という地がある。そこに安く手に入れた陋屋《ろうおく》があった。あの家に戻って少ない余生を送る。思い残すことはない。

長年の盗《つと》めに疲れを感じていた。お育の面倒を見ているうちは、本当に足を洗っていた。そのまま堅気になるつもりでいたが、手許《てもと》不如意になった。しかたなく、独りばたらきでしのいだが、余裕はできなかった。

結局、江戸でもうひとはたらきしようと決めたのは、お育が江戸に出てしばらくたったときのことだった。

しかし、いざというときに、妙な男が目の前に現れた。

曾路里新兵衛……。いったいあれは何者なのだ。わからなかった。

ちなみに河内屋のことを口にし、ついでに河内屋に目をつけていると思わせる芝居を打ったが、曾路里には通じなかった。

もっとも支度金を都合するために、河内屋を使ったおり、この店も悪くないと思った。ところが、河内屋の口から曾路里の名が出て、縁は奇なるものだと思い知らされた。

結局、河内屋のことは考えから外して、当初予定どおりにことを運ぶことにしたが、曾路里のお陰で余計な手間をかけることになった。

まったく歯痒《はがゆ》いことである。

図面から顔をあげた重蔵は、窓の外に目を向けた。そのとき、閉めた障子の向こうから女中の声がかかった。

「お客さん、吉川《よしかわ》様という方がお見えですが」

「通してくれ」

しばらくして、吉川庄右衛門《しょうえもん》が入ってきた。小柄な体を客間に入れると、後ろ手で障子を閉めた。細く垂れた目をきらりと光らせ、小さく首を横に振った。

この男は東海道筋を荒らしまわっていた大涌谷《おおわくだに》の庄右衛門という凶盗だった。吉川というのは勝手につけた姓である。遠国《おんごく》奉行や関八州に目をつけられ、幾たびも死地に追いやられているが、そのたびに逃げ切ってきた男だ。

「重蔵さん、ここまで手の込んだことをやるこたァないでしょう」

庄右衛門は不服そうである。予定を延ばし延ばしにしているから、やきもきしているのだ。

「慌てることはありませんよ。焦ってしくじるよりは、ここは用心です。間違って縄を打たれるようなことになったら目も当てられません」

「そりゃそうでしょうが、仲間は尻《しり》が落ち着かなくなっておりやす」

「三日ほど様子を見るんです。段取りは出来てるんですから……」

「三日ですね」

「そうです」

重蔵は小柄な庄右衛門を見つめた。しわ深い顔をしているが、年は重蔵より十歳は若かった。

「三日待ったら、やるんですね」

庄右衛門は念を押すように、もう一度同じことを聞いた。

「これから押し入る店のことを詳しく話します」

庄右衛門にこれを伝えるのは初めてのことだった。重蔵はさっきしまったばかりの図面を取り出して、膝許《ひざもと》に広げた。とたん、庄右衛門の目が驚いたように見開かれた。

五

日が暮れかかっている。

土間に西日が射し込み、迷い込んでいた蝶《ちょう》が、ひらひらと家から出ていった。新兵衛は竈《かまど》にかけている鍋《なべ》の蓋《ふた》を取って、ちょいと人差し指を使って味をたしかめた。煤《すす》けた柱の上を見て、うん、まあこんなものだろうと、ひとり納得する。

鍋に入っているのは「もみ麩《ふ》」である。酒で揉《も》んだ麩を、鰹《かつお》のダシとたまりで煮込んだ簡単なものだ。別に人に食べさせる物ではない。自分の口に合えばいいだけのことだ。それに、多少まずくても文句はいえない。

瓢箪《ひょうたん》徳利の酒をぐい呑《の》みに注ぎ、軽く口をつけたあとで、出来たてほやほやのもみ麩を小皿に盛って肴《さかな》にした。

煙管《キセル》を吹かしながら、伝七がやってこないことが気になる。もう二日たつのだ。もしや、尾行に失敗して身の上によからぬことがあったのではないかと、気が気でなかった。そんなことになっていたら、自分のせいである。

そうでないことを祈っているが、心配と不安は去らなかった。

この二日、新兵衛は河内屋のことを調べていた。自分の命を狙っているらしい男を放っておくわけにはいかない。河内屋自身が手を下すのではなく、人を雇って指図することであるから、なおさらのことである。

河内屋が手を出してくるのなら、さして気にすることはないが、自分を襲うであろう男は、手練《てだれ》の者だ。油断はできなかった。

そのために新兵衛は河内屋のことを探っておこうと思ったのだ。その河内屋は高利貸しで儲《もう》けた金で料亭を造っている。なかなかの商売人である。

料亭は湯島と深川にあるが、湯島のほうは大身旗本や金持ち商人を相手にする店で、深川のほうは酌婦に体を張らせる料亭とは名ばかりの女郎店であった。しかも、その女郎の半分が、返済に困った借用人の女房や娘だった。

湯島の店は「神無月《かんなづき》」、深川は「富士亭」といった。

伝七と金吾のことも気になっている新兵衛ではあったが、景気づけの酒を飲んだらそのまま湯島の神無月に行く腹づもりである。先日のように、また闇討ちをかけられてはたまらない。そのために、ある考えがあるのだった。

もみ麩を肴に二合ばかり飲むと、そのまま長屋を出た。町屋は夕闇に包まれはじめていた。長屋の路地から竈の煙がたなびいている。

浅草阿部川町《あべかわちよう》を過ぎると、大名屋敷や旗本屋敷のある静かな武家地を抜けた。瘦《や》せた月が東の空に昇っている。あちこちに星たちがちらついている。

武家地を抜けて明神下《みようじんした》の通りに入ったときには、すっかり夜の帳《とばり》が下りていた。

神無月は、神田明神の大鳥居から三町ほど東に行ったところにあった。表通りではなく、脇路地に入った閑静な場所だ。

両脇に提灯《ちょうちん》のかけられた門を入り、飛び石伝いに歩くと打ち水と盛り塩をした玄関に辿《たど》りつく。暖簾《のれん》をくぐるなり、店の者が丁重に迎えてくれる。

「お約束でございましょうか」

「いや、何もない。河内屋の招待でまいっただけだ」

嘘である。案の定、手代らしき男は小首をかしげた。

「聞いておらぬか」

「いえ、そういうことでしたら、奥の間にご案内いたしましょう」

おそらく河内屋が大事な客をもてなし、秘め事を話す客座敷であろう。よれたなりの浪人ではあるが、手代は腰を低くして案内してくれた。

「料理は何でもよい。その前にまずは酒を運んでくれるか」

「承知いたしました。それで、失礼ではございますが、お侍様のお名前を頂戴《ちょうだい》できますでしょうか」

「曾路里新兵衛と申す」

「へえ、それじゃ早速にも酒のほうをお運びいたします」

廊下と部屋を仕切るのは襖《ふすま》である。濡《ぬ》れ縁のほうは障子で、開け放してある。違い棚のある床の間には、山水画が一軸と小壺《こつぼ》に菖蒲《あやめ》を活《い》けてあった。

冬場は炉が切られるらしく、畳が四角く縁取られている。灯籠《とうろう》の明かりが、庭に植えられた枝振りのよい松を浮かびあがらせていた。

新兵衛は案内をした手代のことを考えた。河内屋の客が来るとは聞いていないはずだ。もしや自分の聞き落としではないかと慌てて、番頭にたしかめるだろう。番頭も知らないといえば、河内屋に使いを出してどのようなもてなしをすればよいか伺いを立てるであろう。当然、河内屋も寝耳に水のことであるから驚くに違いない。それも目の敵《かたき》にしているような曾路里新兵衛である。

新兵衛は運ばれてきた酒に口をつけると、河内屋がどのような対応をするか考えながらひとりほくそ笑んだ。

運ばれてきた膳部《ぜんぶ》は豪華であった。鯛《たい》と海老《えび》の塩焼きに、栄螺《さざえ》の壺焼き、平目と蛸《たこ》の刺身、蒸し物に香の物、汁物は蛤汁《はまぐりじる》であった。

少しずつつまみながらゆっくり酒を飲む。近くの座敷で三味の音がしていた。さらに遠くの座敷では琴がつま弾かれている。

四合を空けたとき、声があった。

「失礼いたします。河内屋でございますが……」

案の定、知らせを受けてやってきたようだ。

「入れ」

答えると、憮然《ぶぜん》とした顔で河内屋が入ってきた。紅潮した顔は、燭台《しょくだい》の明かりのせいだけではないようだ。額には汗の粒さえ浮かべている。

「今夜は馳走《ちそう》になるぞ」

「それは……」

「払いはおぬしがするということだ」

「なぜ、そのようなことを……」

「忘れているわけではなかろう。おぬしはおれの命を取ろうとして刺客を向けてきた」

「まさか……」

「誤魔化しは利かぬ。おまえが連れていた近田主馬という男だ。おれの目に狂いはない。危うく命を落としそうになったのだ。この程度の謝罪ですむと思えば、安いものではないか」

「わたしには身に覚えのないことでございます」

「さようか。ならば今夜の払いはツケだ。帳場にそういっておくのだ。今夜はおまえの店を見に来ただけだ」

「いやがらせでございますか」

「人聞きの悪いことをいいやがる。人を殺そうとした男のいうことか……」

河内屋は両の拳《こぶし》を固く握りしめた。

「今夜は忠告をしたかったまでだ」

「いったい何を……」

「おれにかまうな。ただ、それだけのことだ。おぬしの面を見たら酒がまずくなったので、今夜はこれで帰るが、いまのことを忘れるでないぞ」

新兵衛はさっと差料をつかむと、すっくと立ちあがって、河内屋を見下ろした。

「わかったな」

六

伝七が帰ってきたのは、翌朝、新兵衛が朝風呂《あさぶろ》から帰ってきたあとだった。

「新兵衛さん」

駆けてきた伝七は戸口の柱につかまったまま、息を切らしていた。新兵衛は火照った顔を振り向けた。

「待っていたんだ。それでいかがした？」

「やつは戻ってきました」

伝七はそういって三和土《たたき》に入り、戸を閉めた。

「千住まで行って、旅籠《はたご》にこもっていたんですが、今朝その旅籠を出て後戻りしやがったんです」

「行き先は？」

「橋場町《はしばちょう》です。真先稲荷《まさきいなり》のそばにある百姓家を隠れ家にしてんです。仲間もそこへ集まっています。やつら、いよいよ動くんですよ」

「仲間は何人だ？」

「あっしが見たのは重蔵を入れて五人です。もっと増えるかもしれません。とにかく金吾を張りつかせてます」

新兵衛は腰高障子にあたっている日の光を見て、

「まだ日は高い。まさか昼間動くとは思えぬが……。よし、その百姓家を見に行こう」

新兵衛は急いで着替えをすると、伝七を案内に立たせた。

「重蔵はずっとひとりだったのか、それとも千住で誰かと落ち合っていたのか……」

「訪ねてきたやつがひとりだけいます。重蔵が旅籠に入った日のことです。名はわかりませんが、顔はしっかり見ておりやす。ひょっとすると、あいつが盗賊の頭かもしれません。小柄なやつですが、あの目はただもんじゃありませんでしたから」

「……相手は少なくとも五人」

つぶやいた新兵衛は、もっと人数はいるはずだと思った。それに重蔵が今日動くとはかぎらない。明日かもしれないし、明後日《あさって》かもしれない。長丁場になると覚悟していたほうがいいかもしれない。

「伝七、そこの総菜屋で食い物を見繕ってこい」

「あっしも腹が減っていたんです」

「それから先の古着屋で頭巾《ずきん》を買うんだ。黒いほうがいい」

「頭巾を……」

「いいからいうとおりにしろ」

「へえへえ」

軽い返事をした伝七は三人分の食糧と黒頭巾を買い求めた。

重蔵とその仲間のいる百姓家は、真先稲荷の北を流れる思川《おもいがわ》のそばにあった。傾いたあばら屋で、苔《こけ》むした屋根には石がのせられ雑草が生えていた。板壁はところどころが剝《は》がれ落ち、建て付けの悪くなった雨戸は外れかかっていた。

新兵衛と伝七と金吾は、その百姓家のそばにある雑木林のなかに身をひそめていた。鳥の声があちこちでする。鴉《からす》に時鳥《ほととぎす》に鶯《うぐいす》に雀……。風が吹けば、そばの竹が大きくたわんで音を立てた。

数枚の雨戸を開けてあるので、男たちの影を見ることができた。目を凝らしつづけている新兵衛はたしかに五人の男たちを数えた。これだけなのかと首をかしげたくなるが、まだわからない。

案の定、日が傾きはじめたころ、新たに二人の男がやってきた。これで七人。

「重蔵の仲間は向島のほうにいたようです。みんな大川のほうからやってきましたからね」

伝七がにぎり飯を頰ばっていう。

新兵衛もそうだろうと思った。一度、重蔵とその仲間を向島まで尾《つ》けたことがあるし、近くには橋場渡しがある。

「こっちは三人だ。七人を押さえることができるかな」

「やるしかないでしょ」

伝七が気負い込んだ顔でいってつづける。

「それとも岡部の旦那《だんな》に知らせたほうがいいですか」

「知らせましょう」

いうのは金吾だった。

新兵衛は瓢簞《ひょうたん》徳利に口をつけて酒を飲み、百姓家に目を凝らした。男たちは車座になって話し込んでいる。

賊を一網打尽にするには、先に目的の場所に張り込んでおく必要がある。しかし、賊がどこに押し入るのかわからない。それに現場に踏み込むまでは手が出せない。まったく違う目的で行動する可能性も否定できないのだ。

「やつらは盗みをはたらかず、このまま江戸を去ることもあるわけだ」

新兵衛は今朝剃《そ》ったばかりの顎《あご》を撫《な》でた。

「そんなことはないでしょう」

「もし、そうだったら助《すけ》に呼んだ町方はどんな顔をする？」

新兵衛は伝七と金吾の顔を見た。

「いらぬ手間をかけさせることになりやしないか。それにやつらがこれから本当に盗みをはたらくと決めつけることもできぬ」

「そんなことは……」

伝七は途中で口をつぐんだ。

「岡部さんに知らせたとしても、いたずらに手を焼かせるだけになったらいかがする。おれたちはやつらのことをあやしいと思っているだけだ。そうではないか」

「そりゃまあ、そうですが……」

「様子を見るしかあるまい」

新兵衛はそういいはしたが、自分で口にしたことを信じているわけではない。重蔵は江戸を離れると自分でいったのだ。今生《こんじょう》の別れになるともいっている。それなのに千住まで行って、引き返してきたのだ。うるさくつきまとう新兵衛のことをたんに誤魔化したに過ぎない。

お育を……。

新兵衛はお育の顔を脳裏に浮かべた。賊を押さえるのに、手が足りないのは明らか。お育を盾にすればどうなるか……。いやだめだと、新兵衛は首を振った。お育にとって重蔵は恩のある育ての親だ。

その親代わりが盗人《ぬすっと》だったと知り、また捕縛されるのを目の当たりにすればどうなるだろうか。嫁ぎ先である井筒屋も、これまでとは違った目でお育を見るようになるだろう。それはお育にとって酷なことだ。

「……気を抜かず見張るしかあるまい」

新兵衛は自分にいい聞かせるように、独り言をつぶやいた。

日はようようと暮れていった。

重蔵たちの隠れ家に明かりが点《とも》り、日がすっかり暮れると、雨戸が閉められた。新たな仲間が来ることはなかった。やはり七人である。

空にいまにも消え入りそうな痩《や》せぎすの月が浮かび、星たちが散らばった。あたりの草や木々の葉が夜露を含みはじめ、浅草寺で鳴らされる時の鐘を何度か聞いた。

新兵衛たちは言葉少なに、息を殺して見張りをつづけている。

百姓家の表に人が現れたのは、夜四つ（午後十時）を過ぎてからだった。まずひとりが姿を現すと、つづいて三人の男が出てきた。黒い影だけで顔は見えないが、重蔵でないのはわかった。新兵衛たちは新たに仲間が来るのかもしれないと警戒した。

見張られていることに気づいていない連中は、軽口をたたきあって笑った。しかし、他に仲間がやってくる気配はなかった。

そして、四つ半（午後十一時）近くになって重蔵が表に姿を見せた。同時に家のなかの明かりが消えた。賊はそれぞれに提灯《ちょうちん》を提げている。誰もが動きやすいように尻《しり》をからげていた。

「伝七、金吾。頭巾を被《かぶ》れ」

指図をした新兵衛は自ら黒頭巾を被って、酒の入っている瓢箪徳利に口をつけた。

重蔵たちの提灯が静かに動きはじめた。

七

隠れ家にしていた百姓家を出た重蔵たちは、総泉寺《そうせんじ》の脇道を辿《たど》り、今戸町の往来をまっすぐ進み、山谷堀に架かる橋を渡ると、舟着場に立ち寄った。

黒頭巾を被り、深い闇のなかに身を溶け込ませている新兵衛たちは、その動きをじっと見守っていた。

「川を渡るんじゃねえだろうな」

伝七が声をひそめていう。だが、そうではなかった。重蔵たちは確保していた二艘《そう》の舟をたしかめたに過ぎなかった。

「金吾、やつらの舟の舫《もやい》を切ってくるんだ」

新兵衛は重蔵たちが舟着場を離れると、すぐに指図した。

重蔵たちはそのまままっすぐ大川沿いの道を辿った。提灯の明かりが目印になっているので、見失うことはない。舟の舫を切ってきた金吾が、新兵衛と伝七に追いついた。

「ついでだから舟を流してきやした」

金吾はちゃっかりしたことをいうが、わずかに声がふるえていた。これから起こることが不安で、臆《おく》しているのだろう。

新兵衛はいざとなったときには、腕っ節のない金吾を自身番に走らせるつもりである。取り押さえるのは自分と伝七でいいと腹をくくっていた。

前を行く提灯の明かりが、ふいに消えた。すでに夜目が利くようになっている新兵衛は、重蔵たちの動きを見逃さない。

七人の男たちは右にある脇道にそれて、花川戸町に入った。

「気取《けど》られぬように急ぐんだ」

新兵衛は足音を殺しながら、足を速めた。

町は息をひそめたように静かである。犬の吠《ほ》え声も、野良猫の声もしない。ときどき、浅草寺の境内から梟《ふくろう》の鳴き声があがるぐらいだった。

重蔵たちが足を止めたのは、花川戸町を貫く往還であった。日光道中につながる道だ。路地に身をひそめた新兵衛は、このときやっと重蔵たちの狙っている店に見当がついた。

「伝七、やつらの狙いがわかったか」

「多分、岩田屋《いわたや》でしょう」

伝七は新兵衛が考えたことを口にした。

岩田屋は明樽《あきだる》問屋である。明樽を買い集め、酒や醬油《しょうゆ》製造元に売りさばくという地味な商売であるが、岩田屋は浅草一円を一手に受け持っている大店《おおだな》であった。主《あるじ》は町名主《まちなぬし》を務めている清左《せいざ》右衛門《えもん》という男だ。

重蔵たちがその岩田屋の前で散った。店の脇路地に姿を消したのだ。新兵衛は残っている酒を一口にあおると、

「伝七、裏にまわる。やつらが押し入ったらおれとおまえで踏み込む。金吾、おまえは自身番に駆けろ。それから店番か番人を御番所（町奉行所）に走らせろ」

「へえ」

金吾が緊張の面持ちでうなずけば、伝七は十手をしごいた。

「店の者たちには絶対手出しをさせぬ。よし、行くぞ」

新兵衛は刀を抜くと、路地の暗がりから往還に進み出て、岩田屋の一軒隣にある脇路地に入った。と、岩田屋裏の勝手口の前にいた重蔵たちが、つぎつぎと吸い込まれるように店のなかに消えていくのが見えた。

岩田屋のなかに引き込み役がいたのだ。そうでなければ、こううまく侵入できるわけがない。だが、これで重蔵たちが盗みに入ったことがはっきりした。新兵衛は背後を振り返ると、路地の入口に立っていた金吾に顎をしゃくった。金吾の姿はすぐに消えた。

「伝七、重蔵に縄を打つのはおまえだ。間違っても殺してはならぬ。それがおまえのためでもある。よいか」

新兵衛はじっと伝七の顔を見つめた。

「心得ておりやす」

伝七は殊勝な顔で応じた。

「相手は七人、いや店のなかに仲間がひとりいるようだから八人。これを二人だけで押さえるのは至難の業だ。そこで考えがある」

「何でしょう……」

伝七が顔を寄せてきた。

「店は戸締まりをしているはずだ。開いているのは裏戸だけであろう。おれはその戸から入り、その戸の前で賊をひとりずつ片づける。乱戦になれば、相手が多い分勝ち目はない。うまく押さえるには、相手の注意を散らさねばならぬ。おまえには、おれが店に入ったあとで、一芝居打ってもらう」

「芝居を……」

「機を見て表から大声をあげるのだ。御用だ御用だとな。御番所の捕り方がやってきたと勘違いする連中は、おおいに慌ててまとまりがつかなくなる。そこが狙い目だ。わかるか……」

「へい」

「よし、ぬかるな」

闇のなかで目を光らせている伝七が力強く頷《うなず》いた。

勝手口の引き戸は開けられたままだった。新兵衛は岩田屋の敷地に入った。目を凝らし、耳をすます。店のなかに明かりが点《とも》った。ひそめられたいくつかの声がする。

おかしい……。

店の者はどうしたのだ？　手早く始末したとは思えない。そんな時間はなかったはずだ。新兵衛は台所の戸をそっと開けた。

どういうことだと驚いた。重蔵らは悠々と店のなかを歩きまわり金目のものを物色している。店の者はひとりとして気づいていない。

はっと思ったのは眠らされているということである。店のなかに引き込み役がいたとすれば、大いに考えられることであった。

新兵衛は戸を大きく開き、店のなかに足を進めた。賊は気づいていない。そのまま土足で居間にあがったとき、茶箪笥《ちゃだんす》をあさっていた男が新兵衛に気づいた。

「や……」

賊はつづく声を発することができなかった。新兵衛の柄頭《つかがしら》が顎《あご》を砕いたからだった。だが、それは強烈すぎて、相手は背後の障子にぶつかり、派手な音を立てて倒れた。

他の盗人《ぬすつと》たちが気づいたのはすぐだ。「何だ？」「どうした？」という声に、

「曲者《くせもの》だ」

と答えた男が撃ちかかってきた。

新兵衛は足を大きく踏み込むと、相手の胴を撫《な》で斬りにした。奥の間からつぎつぎと男たちが現れた。

「曲者というのはおまえらのことだ」

新兵衛はいうなり、突きを見舞ってきた男の足を払いかわしながら、その男の背中に一太刀浴びせた。

「あぎゃ……」

斬られた男は血潮を噴き散らして、真っ白な障子を赤く染めた。店のなかには燭《しょく》台《だい》や行灯《あんどん》が点《とも》されている。

新兵衛が斬り捨てた男が倒れたとき、表で大声があがった。伝七である。

「御用だ！　御用だ！　北町奉行所である！　盗人ども神妙にいたせ！」

いかにも芝居がかった声であったが、賊たちがその声に大いに狼狽《うろた》えるのがわかった。それぞれに逃げ場を探すように視線を彷徨《さまよ》わせている。

新兵衛は出口を塞《ふさ》ぐように、裏の勝手口の前に引き下がって身構えた。

「いってえ、何もんだ！」

怒鳴ったのは、大涌谷の庄右衛門だった。

「町方か……」

庄右衛門は脇差を抜いて新兵衛に問いかけた。

「もう逃げられぬ。表には捕り方が張っている。神妙に縛につくことだ」

新兵衛ははったりを利かせた。そのとき、表戸がバリーンと打ち破られて、伝七が飛び込んできた。

新兵衛は舌打ちした。賊たちがその伝七を注視した。

早まったことをしてくれたと内心で毒づく。案の定、賊たちは表に捕り方がいないことを知った。

「ええい、仕事はあとだ。こやつらを始末するんだ」

庄右衛門が吼《ほ》えるような声を張りあげた。飛び込んできた伝七は、かかってくる賊たちの相手をしていた。表口の前で、退路を塞いではいるが、新兵衛はまったく余計なことをと歯嚙《はが》みするしかない。しかしもう遅い。

新兵衛は黒頭巾《くろずきん》のなかにある目を光らせ重蔵を捜した。いた。隣の座敷で進退窮まった顔をしている。

伝七は十手片手に、土間に飛び下りたり座敷に飛びあがったりと、大暴れしている。その動きに賊たちはすっかり攪乱《かくらん》させられていた。

新兵衛が重蔵に近づいたとき、壁に背後から襲いかかろうとする影が映った。刹那《せつな》、新兵衛は体を沈めるやいなや、右踵《かかと》を使ってくるりと回転して、太刀を腰間から鋭く撥《は》ねあげた。

「げふぉッ……」

胸を真一文字に断ち斬られた相手は、そのままどさりと倒れ伏した。重蔵は恐れをなして奥座敷に後ずさりしていた。周囲を警戒しながら新兵衛は間合いを詰める。

「い、いったい。だ、誰だ……」

新兵衛はそれには答えず、刀の切っ先を重蔵の喉《のど》に突きつけた。燭台の明かりに染まった重蔵の顔から血の気が引いてゆく。

「今生《こんじょう》の別れをしたはずだったのに……。おぬしもご苦労なことだ」

新兵衛の声に、重蔵の目がはっと見開かれた。

「きさまは、曾路里……」

新兵衛の刀が刃風をうならせた。ビュッと、一筋の血が飛んだ。重蔵の右腕を斬ったのだ。握られていた短刀が畳に音を立てて落ちた。

「つるんでいる賊の頭を教えろ」

新兵衛はそういったとき、すでに重蔵の後ろに回り込み、喉笛に刀の刃をあてがっていた。重蔵の体は恐怖に固まっている。

「……あそこにいる男だ。大涌谷の庄右衛門だ」

新兵衛は伝七が十手を突きつけて追い込んでいる小柄な男を見た。

「蛇の重蔵、これが本当の今生の別れだ」

新兵衛はそういうなり、情け容赦もなく刀を横に引いた。ずるずると重蔵の体が目の前から沈み込んでいった。生かして囚《とら》われの身になれば、お育の耳に入る。ここで死体になっていれば、その心配はなくなるはずだ。……おそらく。

重蔵を斬り捨てた新兵衛は、大涌谷の庄右衛門の背後に迫ると、棟を返して後ろ首をたたき撃った。

「うぐッ……」

庄右衛門はあっさり横に倒れた。そのとき、表に人の声があがった。

今度こそ、本当に自身番の者たちが駆けつけてきた。数こそ少ないが、それぞれの手には刺股《さすまた》や突棒《つくぼう》などの捕り物道具があった。

逃げようとした残りの賊がいたが、あとは伝七の十手がものをいったし、飛び込んできた金吾が、うめいている賊たちに縄を打った。賊のほとんどはうめいたり、斬られて倒れている。もはやものの数ではなかった。

「伝七、あとはおまえの仕事だ」

「新兵衛さんは……」

「おれのことはこれだ」

新兵衛は口の前に人差し指を立てると、

「息が切れて喉が渇いた。一足先に帰って酒を飲む。さらばだ」

といって、伝七に背を向けた。

そのとき、弓張提灯《ゆみはりぢょうちん》を持った町奉行所の捕り方たちが、手甲脚絆《てっこうきゃはん》、襷《たすき》がけ、鉢巻きというなりで地を鳴らしながら駆《か》けてきた。

八

「そろそろ終わりにしなさいな。店を開けたと同時に酔っぱらいが店にいては迷惑だわ。まったく昼間からいくら飲めば気がすむというのよ。あきれてものもいえないとはこのことだわ」

お加代は機嫌が悪い。

「酔っちゃいないさ」

新兵衛はあやしげな口調でいう。立て膝《ひざ》に片肘《かたひじ》をのせて、盃《さかずき》を口に運び言葉を重ねる。

「ものはいえないといっておきながら、さっきからよくしゃべる」

「新兵衛さん」

キッとした顔をお加代が振り向けた。両手を腰に当て、厳しい目でにらむ。どうやら本気で怒っているようだ。

「わたしは、新兵衛さんの体が心配だから口うるさくいってるだけよ。それを茶化さないでちょうだい。まったくなによ。はい、終わり。帰って帰って」

新兵衛は銚子《ちょうし》を取りあげられ、尻《しり》をたたかれた。こうなると形なしである。

新兵衛はまいったまいったと、ふらつく足で表に出て頭の後ろをさかんに掻《か》く。

日は傾いているが、日没まではまだ間がある。さて、それでは日が暮れるまで飲みなおそうと、空の一画に浮かぶ白い雲を眺めた。

お米《よね》婆さんのしわ深い顔が浮かんだ。たまには顔を出してやろうと思い立った。

お米は奥山裏の田圃道《たんぼみち》に面した、およそ人通りの少ない場所で、鄙《ひな》びた店をやっている。もう七十近い歯ッ欠け婆《ばば》だが、元気だけが取り得だ。

それにときどき、自家製のタレをつけて鳥肉を焼いてくれる。これが絶品であった。鳥は鶏や鴨、あるいは軍鶏《シャモ》であるが、そのときどきでなにが出るかわからない。

お米の店に足を向けていると、後ろから声がかけられ、伝七が息をはずませてやってきた。

「いや、この前は世話になりました。いやいやもう、岡部の旦那《だんな》に褒められちまいましてね。押さえた賊のなかに大涌谷の庄右衛門というのがいたでしょう」

「ふむ……」

「あの野郎、東海道筋を荒らしまわっていたとんでもねえ盗賊一味の頭でしたよ。火盗改めにも目をつけられていた野郎ですが、これまで尻尾《しっぽ》を押さえられなかったってんです。それを召し捕ったもんだから、岡部の旦那の機嫌のいいことったらありゃしません」

「それは何よりだった」

新兵衛は他人事《ひとごと》のようにいって、歩き出す。

それを追うように伝七が並んで歩きながら、やはり岩田屋に引き込み役がいて、その男が店の者たちに薬を投じて眠らせていたとか、計画は一年前から練られていたとか、店の者はみな災難を免れ、金も盗まれず大いにほめられたと、早口でしゃべった。

「庄右衛門たちは、今朝、大番屋から小伝馬町《こでんまちょう》の牢《ろう》に移されましてね。それを見届けてきたところです」

「重蔵のことは表沙汰《おもてざた》にはならないのだろうな」

「へえ、それとなく岡部の旦那に頼んでおきましたが、死んだ人間を咎《とが》めることはできねえから、懸念《けねん》することはないといわれましたよ」

──さようか。それだけが気になっていたのだ。だが、おまえには悪いことをした」

「……重蔵のことですか」

「うむ、おまえに敵《かたき》を討たせたかったが、致し方ないことであった」

そういう新兵衛だが、本当は伝七の手を汚さないためにそうしていたのだった。

相手がいかほどの悪人であっても、伝七に殺しをさせたくなかった。そのことを伝七も察しているらしく、

「いや、いいんです。結局は同じことですから……。ですが新兵衛さん、ありがとうございます。やっぱりあっしにはできなかったと思うんです」

と、いって頭を下げた。

「で、どこに行くんです？」

「とんぼ屋を追い出されたから、久しぶりに米丸《よねまる》に行くところだ」

「あの婆さんのとこへ……」

「おまえも付き合うか？」

誘ってみたが、伝七は鼻の前で手を振った。

「あっしはちょいと野暮用があるんで、今度にしてください。それから、褒美が出たら、ちゃんとお渡しします」

「それを忘れられちゃ困る。頼むぜ」

ぺこりと頭を下げた伝七の肩をぽんとたたいた新兵衛は、日が落ちかかるまでお米の店でのらりくらりと過ごした。めあての鳥料理は出なかったが、お米の元気な顔を見て一安心した。

「婆さん、また来るとしよう。今日はちと過ぎた」

「そんなふうだね。過ぎると毒だ。ほどほどにしておきな。だけど、たまには顔を出しなよ。あたしを忘れられちゃ困るからね。骨を拾ってくれるのはあんただけだ」

「わかっておる」

「今度来たときゃ、うまい鳥を食わせてやるよ」

「それが楽しみなのだ」

新兵衛は夕暮れの道を引き返した。奥山から囃子《はやし》の笛や太鼓が聞こえてくる。空には茜雲《あかねぐも》が浮かび、青田の上をとんぼが飛び交っている。

しばらく行ったところで足が止まった。目の前にひとりの浪人が立ち塞《ふさ》がったのだ。その顔があわい夕日にあぶられている。

「おぬしは河内屋の……」

近田主馬だった。

「酔っておるのか」

「酔っていようがいまいがおれの勝手だ。それで何用だ。今日は闇討ちとはいかぬぞ。まだこのとおり明るいからな」

主馬はこれが返答だとばかりに、するりと刀を抜いた。斬る気だ。

「なるほど、なにがなんでもおれを斬るというわけか。ならばお相手つかまつろう」

いずれこの男とは勝負しなければならないと思っていた。できれば避けたいところだが、刀を向けられては引っ込んでいられない。

しかし、これは河内屋の店に乗り込んで誘いかけたことで、このようなことになっているのだ。もう少し河内屋は頭のよい男だと思ったが、どうやら見くびられているようだ。

「……先日、闇討ちをかけてきたのも、きさまだな」

「あのときは暗すぎたので討てなかっただけだ」

「ほほう、すると今日は違うというわけだ」

「口数の多い酔っぱらいめ」

主馬は吐き捨てるなり、地を蹴《け》って青眼から上段に振りあげた刀を撃ち下ろしてきた。だが、新兵衛はよろけるように動いて、紙一重のところでかわすなり、刀の切っ先をゆっくり下ろした。酔眼の目を細め、下げた刀を左右に、上下に揺らした。

主馬は総身に殺気をみなぎらせている。じりじりと間合いを詰めてくるが、酔っているはずの新兵衛に隙が見えなくなったらしく、足を止めた。

「どうした。かかってこい。おれは隙だらけだ」

まったくそのように見えるはずだった。誘われた主馬の目に戸惑いが浮かぶ。新兵衛は口辺に笑みを漂わせた。相手を嘲笑《ちようしよう》する笑みであった。

それが気に食わなかったのか、主馬は裂帛《れつぱく》の気合を込めて鋭い斬撃《ざんげき》を送り込んできた。翻った袴《はかま》が衣擦《きぬず》れの音を立て、土埃《つちぼこり》が舞いあがった。新兵衛の小鬢《こびん》のほつれ毛が風になびいた。夕日に染まった二つの影がすれ違うように交叉《こうさ》した。

すくいあげるように刀を振り切った新兵衛は、そのまま血ぶるいをかけると、懐紙で刀身を丹念にぬぐい、血のついた懐紙を風に飛ばし、そのまま片手を懐に入れて歩き去った。

その背後の田圃道に横たわった主馬の体に、土埃が舞い降りていた。

＊

奥山裏の田圃道から米沢町にある河内屋まで歩くうちに、酔いが醒《さ》めた。

新兵衛は河内屋の塀をよじ上ると、奥座敷に明かりがついているのを見て、庭に飛び下りた。すでに夜の帳《とばり》が下りている。庭の築山《つきやま》が、灯籠《とうろう》の明かりにぼんやりと浮かんでいる。

縁側の前に立った新兵衛はひと呼吸入れて、障子に映る影に目を凝らした。河内屋惣右衛門に違いないとみた。

「河内屋、よい晩であるな」

影が動き、庭を見るのがわかった。

「誰だ？」

「酔いどれだ」

河内屋がさっと立ちあがり、障子を引き開けた。同時に、新兵衛は縁側に躍りあがって、河内屋を突き飛ばした。河内屋は尻餅《しりもち》をつき、後ろ手をついて新兵衛を見あげた。

「何という狼藉《ろうぜき》です」

「狼藉だと、たわけッ」

新兵衛は吐き捨てて座敷に踏み込んだ。土足のままである。

「あれほど忠告したはずなのに、きさまの雇った用心棒が、またおれを斬りに来た。こうなったからにはきさまに償いをしてもらわなければならぬ」

「わたしの存じないことです」

「ほざくな河内屋。きさまのようなやつはここで斬り捨ててもかまわぬのだ。だが、それではこの刀が、きさまの汚い血で腐ってしまう」

河内屋は後ろ手をついたまま下がった。背後は壁だ。

「だが、きさまの返答次第では、近田主馬の生き血を吸ったばかりのこの刀に、もうひとはたらきしてもらうことになる」

「それじゃ、近田さんは……」

「斬った」

河内屋の顔が青ざめた。額に脂汗が浮かぶ。

「な、なにがお望みで……」

「危うく命を落とすところであった。そのことを贖《あがな》ってもらう。金十両、耳を揃えて払え。きさまの命と引き替えだ」

「そ、そんな……」

「十両なんぞ安いものであろう」

新兵衛はいうなり抜刀し、刀を一閃《いっせん》二閃させた。ぱちんと、刀が鞘《さや》に納まった直後、床の間に飾ってあった一輪挿しの木槿《むくげ》の花が、ぽとりと音を立てて落ちた。

河内屋の目が驚愕《きょうがく》と恐怖に見開かれていた。

「命が惜しければ出すことだ」

言葉を重ねた新兵衛は、十両では安すぎるかと思いもしたが、貧乏人の性《さが》であろう。それに一度口にした手前、いい換えることも躊躇《ためら》われる。

「いま、た、ただいま。お渡しいたします」

河内屋はつばを呑《の》みながら、太った体で畳を這《は》うようにして手文庫にしがみつき、

十両をつかみ取った。新兵衛はそれを懐にねじ込むと、河内屋に顔を寄せて、

「今夜は十両で命拾いだ。だが、つぎはそうはいかぬぞ」

そうささやくようにいうと、にやりと笑い、河内屋を突き飛ばした。

新兵衛は表に出ると、ふっと大きな息を吐いた。金をねじ込んだ懐が、わずかに重い。

「やれやれ、また飲みなおしだ」

夜気につぶやきを流した新兵衛は、そのまま夜の闇のなかに消えていった。

思わぬ夜討ちをかけられた河内屋は、夜の闇にぎらぎらとした目を向けていた。奥歯をギリリと噛《か》みしめ、手にしていた扇子をぼきっと折り、庭に投げ捨てた。

「おのれ曾路里、このままではすまさない。必ず命を取ってくれる」

誓うように声に出していった河内屋は、赤く血走った目で暗い夜空を見あげた。

酔《すい》眼《がん》の剣《けん》

酔《よ》いどれて候《そうろう》

稲《いな》葉《ば》 稔《みのる》

平成22年 7月25日　初版発行
令和6年 12月10日　8版発行

発行者●山下直久

発行●株式会社KADOKAWA
〒102-8177　東京都千代田区富士見2-13-3
電話　0570-002-301（ナビダイヤル）

角川文庫 16357

印刷所●株式会社KADOKAWA
製本所●株式会社KADOKAWA

表紙画●和田三造

ISBN978-4-04-394370-8　C0193

角川文庫発刊に際して

角川源義

　第二次世界大戦の敗北は、軍事力の敗北であった以上に、私たちの若い文化力の敗退であった。私たちの文化が戦争に対して如何に無力であり、単なるあだ花に過ぎなかったかを、私たちは身を以て体験し痛感した。西洋近代文化の摂取にとって、明治以後八十年の歳月は決して短かすぎたとは言えない。にもかかわらず、近代文化の伝統を確立し、自由な批判と柔軟な良識に富む文化層として自らを形成することに私たちは失敗して来た。そしてこれは、各層への文化の普及滲透を任務とする出版人の責任でもあった。

　一九四五年以来、私たちは再び振出しに戻り、第一歩から踏み出すことを余儀なくされた。これは大きな不幸ではあるが、反面、これまでの混沌・未熟・歪曲の中にあった我が国の文化に秩序と確たる基礎を齎らすためには絶好の機会でもある。角川書店は、このような祖国の文化的危機にあたり、微力をも顧みず再建の礎石たるべき抱負と決意とをもって出発したが、ここに創立以来の念願を果すべく角川文庫を発刊する。これまで刊行されたあらゆる全集叢書文庫類の長所と短所とを検討し、古今東西の不朽の典籍を、良心的編集のもとに、廉価に、そして書架にふさわしい美本として、多くのひとびとに提供しようとする。しかし私たちは徒らに百科全書的な知識のジレッタントを作ることを目的とせず、あくまで祖国の文化に秩序と再建への道を示し、この文庫を角川書店の栄ある事業として、今後永久に継続発展せしめ、学芸と教養との殿堂として大成せんことを期したい。多くの読書子の愛情ある忠言と支持とによって、この希望と抱負とを完遂せしめられんことを願う。

一九四九年五月三日

角川文庫ベストセラー